Розан

Оценка программы "Здоровье в школах" в муниципалитете Трэс Риос/Р.Ж.

Розангела М. де Лима Пашоалетто
Мария Изабель М. Либерто

Оценка программы "Здоровье в школах" в муниципалитете Трэс Риос/Р.Ж.

Сравнительная оценка влияния программы "Здоровье в школе" на гигиенические представления учеников начальной школы Трэс Риос

ScienciaScripts

Imprint
Any brand names and product names mentioned in this book are subject to trademark, brand or patent protection and are trademarks or registered trademarks of their respective holders. The use of brand names, product names, common names, trade names, product descriptions etc. even without a particular marking in this work is in no way to be construed to mean that such names may be regarded as unrestricted in respect of trademark and brand protection legislation and could thus be used by anyone.

Cover image: www.ingimage.com

This book is a translation from the original published under ISBN 978-613-9-60311-4.

Publisher:
Sciencia Scripts
is a trademark of
Dodo Books Indian Ocean Ltd. and OmniScriptum S.R.L publishing group

120 High Road, East Finchley, London, N2 9ED, United Kingdom
Str. Armeneasca 28/1, office 1, Chisinau MD-2012, Republic of Moldova, Europe

ISBN: 978-620-7-27338-6

Посвящение:

Я посвящаю эту работу Богу за то, что он дал мне и всей моей семье силы и мужество, особенно моему мужу Сауло Пашоалетто, который верил в мой потенциал, и моей дочери Тайнаре за те минуты внимания, которые были отняты у нее ради этой работы. Моей сестре Жозиане, которая всегда была рядом со мной. Моему научному руководителю, профессору Изабель, которая играла роль матери, принимая меня в моменты напряжения. Моим родителям, друзьям и родственникам, особенно, "*в память*", моему покойному кузену Даниэле де Кастро Лима, который поддерживал меня в этом достижении.

БЛАГОДАРНОСТИ

К Богу.

Фонду CECIERJ за предоставленную возможность обучения.

Моему научному руководителю Марии Изабель Мадейре Либерто за ее доверие, поддержку, преданность делу, а также за ее обучение и сопровождение, которые внесли большой вклад в мою работу на выпускном курсе.

Профессору Маулори Курие Кабралу за его мудрость.

Профессору[1] Ане Кристине Пантоха за ее дружбу.

Преподавателю Сауло Пашоалетто за его преданность делу.

Моей подруге Ренате Одете Азеведо Соуза за ее огромную помощь и участие в этой работе.

Директору (Центра Três Rios), профессору Ане Пауле Роша и всем сотрудникам Центра Três Rios за их поддержку и преданность делу.

Преподавателям-координаторам биологии в центре Três Rios, профессору[3] Nícia Junqueira и профессору[3] Carolina Martins Kamiyama.

Моим друзьям на курсе и в Центре, особенно Жозиане Фигейре, за то, что они были рядом со мной в хорошие и плохие времена на этом долгом пути.

Моим крестным родителям Вании Марии, Адмиру Амаро, Ксении Марии и Хорхе Эваристо за их слова мудрости и утешения.

Моей любимой сестре Патрисии Маркес де Лима Оливейра и моим родителям за их поддержку и веру в мою победу.

Моей семье, благодаря которой я добился этой победы.

Всем людям, которые так или иначе присутствовали в этом путешествии, огромное спасибо.

И вы узнаете, что любить - не значит содержать себя, а дружеское общение не всегда означает безопасность. Вы учитесь строить все свои дороги сегодня, потому что завтрашняя местность слишком неопределенна для планов, а будущее имеет привычку проваливаться сквозь землю. И узнаете, что, как бы сильно вы ни заботились, некоторым людям просто наплевать... И примите, что каким бы хорошим ни был человек, время от времени он будет причинять вам боль, и вы должны простить его за это. Узнайте, что разговор может исцелить эмоциональную боль. Узнайте, что на создание доверия уходят годы, а на его разрушение - всего несколько секунд. Вы узнаете, что настоящая дружба продолжает расти даже на больших расстояниях. И важно не то, что у вас есть в жизни, а то, кто у вас есть в жизни. Узнайте, что люди, которые вам дороже всего в жизни, очень быстро отнимаются от вас... Вот почему всегда нужно оставлять любимым людям теплые слова, ведь, возможно, вы видите их в последний раз. Узнайте, что не всегда достаточно быть прощенным кем-то... Иногда нужно научиться прощать себя. И узнайте, что вы действительно можете выстоять... Что вы действительно сильны, и что вы можете пойти гораздо дальше, если думаете, что не можете идти дальше. И что жизнь действительно имеет ценность, и что вы имеете ценность перед лицом жизни!

Виллиан Шекспир

РЕЗЮМЕ

Цель данного исследования - оценить эффект программы школьного здравоохранения (PSE) в трех государственных школах города Трес-Риос (RJ) после одного года ее реализации. Программа PSE является результатом партнерства между министерствами здравоохранения и образования и направлена на укрепление профилактики здоровья среди бразильских школьников и формирование культуры интеграции в школах. В рамках данной оценки сравнивались знания принципов гигиены, полученные учениками трех государственных школ (EPB), включенных в PSE, и учениками трех государственных школ (EPC), которые не участвуют в программе. Из 254 учеников, ответивших на письменное интервью из 10 вопросов, 92 были из СШП и 162 - из ЕПК. Общий анализ данных, независимо от типа школы, показал, что: 48,4 % учащихся были мужского пола и 51,6 % - женского; более 80 % учащихся были из семей, проживающих в собственных домах. Ответы на вопросы о гигиене тела и гигиене полости рта были статистически одинаковыми в двух группах учащихся. Они также показали, что более 50 процентов из них, независимо от типа школы, знали о важности гигиены полости рта для предотвращения кариеса. Результаты данного исследования свидетельствуют о том, что PSE способствовала культурной интеграции учащихся государственных школ в отношении гигиены, поскольку опубликованные исследования по этому виду анализа описывают превосходство EPC по сравнению с BPS. Результаты также свидетельствуют о том, что учащиеся государственных школ, не включенных в систему PSE, получают необходимые знания либо в рамках семейного воспитания, либо благодаря концепциям укрепления здоровья, включенным в школьную программу. В краткосрочной перспективе внедрение ОУП оказалось актуальным для обучения гигиеническим навыкам в СШП и в качестве фактора диагностики состояния здоровья учащихся. В долгосрочной перспективе можно надеяться, что PSE станет фактором, имеющим реальное значение для вопросов, связанных с личной и коллективной гигиеной, поскольку недостатки, существующие в настоящее время в семейном воспитании, будут постепенно преодолеваться будущими поколениями, в результате чего учащиеся СШП окажутся в таком же или даже лучшем состоянии, чем учащиеся ЭПК, в том, что касается понятий о гигиене.

Ключевые слова: гигиена и здоровье; гигиенические привычки; здоровье полости рта; школьная гигиена.

РЕЗЮМЕ

ГЛАВА 1

ВВЕДЕНИЕ

1.1 ОБРАЗОВАНИЕ В ОБЛАСТИ ЗДРАВООХРАНЕНИЯ - РЕТРОСПЕКТИВА

Согласно Всемирной организации здравоохранения (ВОЗ), "здоровье - это состояние полного физического, психического и социального благополучия, а не просто отсутствие болезней" (WHO, 1946). Таким образом, это означает, что не следует ожидать, что человек будет здоров на 100 процентов, а скорее, что он будет находиться в состоянии здоровья/болезни на протяжении всей своей жизни. "Важность образования для укрепления здоровья неоспорима и признается в качестве важнейшего фактора повышения качества жизни" (PELICIONI, 2007). Среди различных областей здравоохранения Васконселос и Алвес (Vasconcelos, *apud* Alves, 2005) в своей работе, проведенной в 1989-1999 годах, выделили центры первичной медицинской помощи в качестве привилегированного контекста для развития образовательной практики в области здравоохранения. Когда авторы упоминали центры первичной помощи, они, вероятно, имели в виду медицинские пункты, которые являются связующим звеном между правительством и населением. Население проявляет доверие к совместной работе, которую подразделения здравоохранения проводят в настоящее время для улучшения качества жизни общин.

Образование в области здравоохранения - это область практики и знаний в секторе здравоохранения, которая непосредственно занимается установлением связей между медицинским обслуживанием и повседневным мышлением и действиями населения, совершенствованием концепции между здравоохранением и образованием, созданием более надежных связей и разъяснением важности совместной работы между секторами и населением в целом, чтобы все больше улучшать качество жизни всего населения. История медицинского образования в Бразилии характеризуется различными концепциями и практиками, но до 1970-х годов медицинское образование было в основном инициативой политической и экономической элиты и, следовательно, подчинялось их интересам (BRASIL, 2007b).

Мероприятия по санитарному просвещению стимулируют движение к участию общества в управлении политикой здравоохранения, направляя его на соблюдение руководящих принципов и принципов СУС, в которой всем гражданам гарантированы их права без какой-либо дискриминации, а именно: универсальность, всесторонность, справедливость, децентрализация, участие и социальный контроль (BRASIL, 2007b).

Уже в Средние века в Европе верили в важность санитарного просвещения и

6

рекомендовали правильное питание, соблюдение гигиенических норм и продолжительный сон, чтобы люди жили дольше и лучше (PELICIONI, 2007). С начала XIX века в Европе обучение гигиеническим практикам стало частью подготовки студентов-медиков, и вместе с этим возникло стремление освоить смежную область, известную как санитарное просвещение. В 1813 году предмет гигиены был включен в учебную программу медицинского факультета в Рио-де-Жанейро, который в то время был известен как Анатомическая, Хирургическая и Медицинская школа Рио-де-Жанейро. В 1825 году предмет был переименован в общую и частную гигиену, а с 1833 года он стал частью 3-го курса медицинского факультета под названием "Гигиена и история медицины" и длился три года (PELICIONI, 2007).

В 1891 году медицинские факультеты Рио-де-Жанейро и Баии поддерживали дисциплину между науками, связанными со статикой и динамикой здорового и больного человека, согласно историко-библиографическому словарю медицинских наук в Бразилии (1832-1930), *опубликованному в* Pelicioni (2007).

В середине XIX века в США были разработаны программы, призванные помочь просвещению населения по вопросам здоровья. Кроме того, было осознано, что чрезвычайно важно разрабатывать программы санитарного просвещения в школах, поскольку считалось, что в школах информация действует как эхо, достигая хотя бы меньшинства и таким образом пытаясь изменить неверные представления людей о том, что было непонятно в то время (PELICIONI, 2007, р.320). Исследования показали, что "только при участии общины можно обеспечить устойчивость и эффективность действий в области здравоохранения" (ALVES, 2005, p. 48).

На протяжении XIX и начала XX веков в Европе проводились исследования, которые выявили влияние переносчиков или посредников в передаче заболеваний, что подкрепило микробную теорию болезней (ROSEN, 1994). В то время болезни, поражавшие население, были связаны, в частности, с грязной окружающей средой, отсутствием водоснабжения и очистки воды, открытыми сточными водами. Этот период был назван микробной или бактериальной эрой, и его важность подчеркивал тот факт, что многие болезни, которые возникали в то время, были вызваны пренебрежением и отсутствием знаний у людей (PELICIONI, 2007).

В Бразилии до начала XX века основное внимание уделялось эпидемиям, вызванным отсутствием гигиенических навыков. В то время люди мало знали о том, как развиваются болезни, и не связывали инфекции с пренебрежением гигиеной тела и окружающей среды (FIOCRUZ, 2003).

Основываясь на этих знаниях, мы должны помнить, какое значение для населения имело руководство врача и санитара Освальдо Круза в федеральных службах здравоохранения в начале XIX и в XX веке, когда он столкнулся с крупными эпидемиями и ознаменовал собой весь процесс модернизации страны, направленный на улучшение условий жизни бразильцев. Пока ему не удалось изменить отношение людей к здоровью, Освальдо Круз подвергался критике за проведение серьезной санитарной политики. Он столкнулся с Национальным конгрессом и гневом народа во время восстания против вакцин в 1904 году, но не позволил критике овладеть собой. Он продолжал работать, основываясь на своих исследованиях, и в результате этих исследований раскрыл различные тайны, связанные со здоровьем людей и их окружения, прояснил причины болезней, демистифицировал такие понятия, как, например, что проблемы можно объяснить расовыми особенностями, жарким климатом тропиков и даже связать их с ленью, как это было ясно показано в работе Монтейру Лобату, где персонаж Жека Тату утверждал, что "человек такой не потому, что ленив, а потому, что болен" (FIOCRUZ, 2003 p. 48).48).

Работа и идеалы Освальдо Круза имели огромное значение и остаются таковыми и сегодня, поскольку у нас есть легион ученых и интеллектуалов, которые неустанно работают, продолжая его дело (FIOCRUZ, 2003).

В настоящее время уже осознается важность включения программ образования и здравоохранения в школьную программу, а укрепление здоровья и профилактика инфекций рассматриваются как приоритетные задачи. Школы сами по себе не могут справиться с этой задачей, но они могут способствовать тому, чтобы ей уделялось больше внимания со стороны самого населения и государственных чиновников (BRASIL, 2007b).

Тот факт, что эта работа проводится в школах, означает, что в ней участвуют не только школьники, но и члены их семей, а также все, кто окружает ученика, что позволяет совместными усилиями распространять информацию среди других людей.

Ситуация, в которой живут люди, в большинстве случаев определяет состояние их здоровья, связанное с биологическими факторами (возраст, пол, генетика) и физической средой (жилищные условия, наличие воды, пригодной для использования, санитарные условия, питание, гигиена). Другие оцениваемые параметры, такие как социальные условия (виды занятий и доходов, досуг, привычки, возможность доступа к медицинским услугам, направленным на укрепление и восстановление здоровья и профилактику инфекций) и качество предоставляемых услуг, также используются в этой оценке (PELICIONI, 2007).

Укрепление здоровья достигается путем образования, принятия здорового образа жизни, развития индивидуальных навыков и способностей и создания здоровой окружающей среды. Образование играет ключевую роль, поскольку оно обуславливает формирование важнейших установок у населения (PORTAL MEC, 2012).

1.2 ПРОГРАММА ШКОЛЬНОЙ ГИГИЕНЫ (PSE)

PSE, учрежденная Указом Президента № 6.286 от 5 декабря 2007 года, является результатом комплексной работы Министерства здравоохранения и Министерства образования, направленной на распространение конкретных мер по укреплению здоровья среди учащихся государственных школ: начальной школы, средней школы, Федеральной сети профессионального и технологического образования, а также образования молодежи и взрослых (BRASIL, 2007a и ANNEX 9).

Проект направлен на достижение большей интеграции между командами из отделов здравоохранения и школами, находящимися в их зоне охвата, с целью продвижения мероприятий по охране здоровья, направленных на оказание помощи ученикам, их семьям и местному сообществу (ПРИЛОЖЕНИЕ 9).

Сектора образования и здравоохранения взаимосвязаны в области государственной политики, поскольку они основаны на универсализации основных прав, которые способствуют близости между гражданами по всей стране. С учетом этого, начиная с 1950-х годов и до 2000 года, проходя через различные периоды между повторной демократизацией Бразилии и принятием Федеральной конституции 1988 года, предпринимались попытки сосредоточиться на школьной среде, привлекая внимание учащихся к проблеме здоровья (BRASIL, 2009b).

1.3 ПРОЕКТ "ЗДОРОВЬЕ В ШКОЛЕ" В МУНИЦИПАЛИТЕТЕ ТРИС РИОС

Одним из основных требований для вступления в программу была подготовка межсекторальной рабочей группой (GTI) муниципального проекта, в котором описывалась общая ситуация в муниципалитете и важность вступления в PSE для населения города Трэс Риос. В рамках этого проекта муниципалитет был разграничен на территории, охваченные семейными бригадами здоровья (СБЗ), также были определены школы, входящие в состав каждой территории. Была представлена информация о социальных детерминантах, эпидемиологическом сценарии муниципалитета и типе образования в школах, которые работают вместе с СБЗ и будут участвовать в PSE. Было определено количество школ и учащихся в каждом учреждении, участвующих в программе.

По данным муниципального секретариата здравоохранения (SMS), в 2010 году в муниципалитете Трес-Риос проживало 76 075 человек, действовал 21 семейный медицинский пункт, 43 государственные школы и 17098 учащихся (ПРИЛОЖЕНИЕ 9, 2010).

Проект в Трэс Риос был утвержден Межведомственным постановлением № 3 696 от 25 ноября 2010 г., и муниципалитет соответствовал критериям для присоединения: охват населения школьным образованием превышал 70%, а индекс развития базового образования (IDEB) в 2009 г. составлял 4,5 или менее (ПРИЛОЖЕНИЕ 9, 2010).

Как отмечается в проекте Três Rios для PSE, город является микрорегионом 1 здравоохранения в регионе Центр-Юг Рио-де-Жанейро, согласно Генеральному плану регионализации штата, в который входят Сапукайя, Комендадор Леви Гаспариан, Ареал, Параиба-ду-Сул, Пати-ду-Алферес, Васурас, Энгенейру Паулу де Фронтин, Мигель Перейра, Пакарамби и Мендес (ПРИЛОЖЕНИЕ 9, 2010).

Согласно Приложению 9, "При реализации проекта мы стремились действовать в отношении основных проблем, выявленных среди населения, причем действия были направлены в основном на санитарное просвещение с целью предотвращения проблем со здоровьем".

Также была проанализирована социально-экономическая ситуация и состояние здоровья жителей, в результате чего Трэс Риос был включен в оценку, чтобы стать частью PSE.

Индекс развития человеческого потенциала (ИРЧП) муниципалитета Трес-Риос составил 0,782, что соответствует 1014-му месту среди бразильских муниципалитетов в 2000 году и 23-му месту среди 92 муниципалитетов штата Рио-де-Жанейро. Муниципалитет не испытывает серьезных трудностей с точки зрения развития человеческого потенциала и качества жизни, поскольку это значение ИРЧП считается средним и близко к ИРЧП, считающемуся высоким, который превышает 0,800, согласно данным Программы развития ООН (ПРООН) в Бразилии (ПРИЛОЖЕНИЕ 9, 2010).

Каждая школа в муниципалитете, входящая в PSE, относится к базовой группе здравоохранения в данном районе и оценивается ими.

В соответствии с Соглашением о муниципальных обязательствах, подписанным муниципальными департаментами здравоохранения и образования, срок достижения целей составляет двенадцать месяцев с момента подписания документа (8/11/2011). Среди согласованных целей - клиническая и психосоциальная оценка учащихся (ПРИЛОЖЕНИЕ 9, 2010).

1.4 ВАЖНОСТЬ ПРОГРАММЫ ШКОЛЬНОГО ЗДРАВООХРАНЕНИЯ

Те, кто отвечает за политику в области здравоохранения, считают, что школьная среда - это привилегированное пространство для профилактики, укрепления и сохранения здоровья. Именно здесь учащиеся проводят большую часть своего времени, общаясь с разными типами людей, каждый из которых имеет свой собственный образ жизни, обычаи и религию. Семья играет основополагающую роль в проведении этой работы, поскольку она объединяет набор ценностей, убеждений, знаний и привычек, которые могут влиять на практику, способствующую укреплению здоровья ее членов или, напротив, повышающую их уязвимость к заболеваниям (CURRIE *et al.*, 2008).

Интерес к проведению программы здоровья в школе, где есть люди, формирующие мнение и знания, обусловлен тем, что такой союз школы и медицинского учреждения позволяет сделать шаг вперед в улучшении качества жизни и способствует дальнейшему сосуществованию в школе (ПРИЛОЖЕНИЕ 11).

Одной из самых важных задач в деле укрепления здоровья в школе является интеграция всех сегментов: учеников, учителей, персонала и семейной медицинской команды. Согласно Alves (2005, p.48), некоторые авторы отмечают, что:

> "Каждый медицинский работник - потенциальный педагог здоровья, и важнейшим условием его практики является признание его самого в качестве субъекта образовательного процесса, а также признание пользователей как субъектов, стремящихся к автономии".

Для развития практики санитарного просвещения все члены общества должны принимать во внимание знания, которые может предложить каждый человек. Практика санитарного просвещения направлена на улучшение ухода за отдельными людьми и разрабатывается не только в отношении больного, но, прежде всего, в отношении здорового человека. В этом контексте укрепление здоровья направлено на улучшение качества жизни населения.

Когда медицинская работа проводится в школах, могут возникнуть различные трудности, такие как неприятие со стороны учеников, школьного персонала, а также отсутствие интереса со стороны FHS и педагогических подразделений, поэтому очень важно тщательно планировать все действия, а семейной команде здоровья и школам необходимо попытаться определить, какие самые большие проблемы существуют в данной школе, и применить на практике методы, которые могут быть реализованы в соответствии с реальностью учреждения, учениками и районом, в котором находится школа и BHU (BRASIL, 2009a).

1.5 ГИГИЕНА В ШКОЛЕ

Мы много говорим о здоровье, здоровых людях, продуктах питания и так далее, но то, что иногда остается незамеченным многими, - это гигиена. Гигиена - это совокупность средств, используемых для поддержания благоприятных условий для здоровья.

Ежедневные гигиенические привычки человека включают в себя не только гигиену тела и полости рта, но и тип пищи, одежду и обувь, ежедневную позу, время сна, физические упражнения и все остальное, связанное с окружающей средой. Школьная среда очень важна, поэтому школьный персонал, учителя, работники медицинских центров и, прежде всего, семья должны следить за тем, чтобы среда, в которой находится ребенок, имела необходимые гигиенические условия для поддержания его здоровья. Простые привычки, используемые даже автоматически, такие как мытье рук перед едой и при пользовании туалетом, имеют большое значение для того, чтобы человек был здоров и не приобрел патологию. (ПОРТАЛ МЕК, 2012)

Санитарное просвещение играет основополагающую роль в улучшении качества жизни населения, демонстрируя мероприятия по укреплению здоровья, основанные на профилактике инфекций, а также на соблюдении основных правил личной и коллективной гигиены.

Гигиена тела всегда считалась и будет считаться обязательным условием здоровой жизни. Приобретение гигиенических навыков начинается в детстве и имеет большое значение на протяжении всей жизни человека. Опыт, который дети получают в первые годы учебы в школе, например, мытье рук или чистка зубов, может оказать важное влияние на их жизнь.

Большая проблема в подходе к гигиене тела, как в школе, так и в жизни за ее пределами, заключается в том, чтобы учитывать реальность ученика, искать критические и жизнеспособные решения для проведения мероприятий. Знание реалий местного сообщества очень важно для санитарного просвещения в школе; поэтому изучение, сбор и подготовка информации об обычаях и практике сообщества важны для составления плана работы, анализа и оценки ее эффективности (PORTAL MEC, 2012).

Некоторые экстремальные ситуации в отдельных населенных пунктах, такие как отсутствие туалетов или питьевой воды, не могут рассматриваться как ограничивающие факторы в процессе преподавания и обучения. Естественно, школьное образование не обязано заменять собой структурные изменения, необходимые для обеспечения качества жизни и здоровья, но оно может внести решающий вклад в их реализацию (BRASIL, 2009a).

Правильное питание - важнейший фактор роста, развития и выполнения повседневной деятельности детей и населения в целом. Неправильное питание - это серьезная проблема, требующая решения, поэтому очень важно выбирать продукты, которые приносят пользу организму и предотвращают недоедание и анемию (PORTAL MEC, 2012).

Недоедание и анемия являются серьезными проблемами здравоохранения в Бразилии и являются ключевыми факторами ослабления организма человека и его подверженности

12

заболеваниям. Ожирение также является одной из основных проблем здравоохранения.

Дети очень легко потребляют сахар, и это пагубно сказывается на здоровье их полости рта, а также способствует раннему ожирению.

В наше время некоторые люди все еще считают "толстых" детей здоровыми, но это не так. Ожирение у детей считается фактором риска, так как дети с ожирением более подвержены хроническим дегенеративным заболеваниям, таким как гипертония, диабет, сердечно-сосудистые проблемы и другие (ПОРТАЛ МЕК, 2012).

1.6 НРАВСТВЕННОЕ ЗДОРОВЬЕ

Кариес признан инфекционно-заразным заболеванием, которое приводит к локальной потере минералов из пораженных зубов под воздействием органических кислот, образующихся в результате микробной ферментации пищевых углеводов. Связанное с отсутствием надлежащей гигиены, его возникновение зависит от взаимодействия трех основных факторов: хозяина, представленного зубами и слюной, микробиоты региона и потребляемой диеты (MALTZ & CARVALHO, 1994). Кариес зубов поражает человечество с доисторических времен, в разных культурах и эпохах. Это заболевание, которое медленно прогрессирует и, при отсутствии лечения, приводит к полному разрушению зуба, поражая эмаль, дентин и цемент. Распространенность этого заболевания высока среди большинства современного населения и значительно возросла после введения углеводного питания, использования сахара и промышленных продуктов (FREIRE et al., 1999).

Есть люди, у которых наблюдается большое количество зубных элементов с кариесом, и это, как правило, люди с более низкой покупательной способностью. Этот факт обычно отражает комплекс факторов, связанных с доступом к медицинским услугам, уровнем образования, гигиеническими условиями, жилищными условиями и доступом к продуктам, среди прочих (FREIRE et al., 1999; MALTZ & SILVA, 2001; BALDANI, NAVAI & ANTUNES, 2002).

Здоровье полости рта должно анализироваться как важная часть здоровья человека, и поэтому эпидемиологические исследования кариеса, наряду с другими заболеваниями, связанными со здоровьем полости рта, являются важной частью вопросов общественного здравоохранения (ARANHA, 2004).

ГЛАВА 2

ЦЕЛИ

2.1 ОБЩАЯ ЦЕЛЬ

Построение обзора работы, проводимой отделами здравоохранения совместно с отделами образования по программе "Здоровье в школе", чтобы наглядно продемонстрировать важность совместной работы на общее благо.

2.2 КОНКРЕТНЫЕ ЦЕЛИ

> Показать эффективность PSE в государственных школах в отношении понятий гигиены и здоровья.

> Представление о состоянии здоровья учащихся школ в Трэс Риос.

> Подчеркнуть важность планирования здоровья в школах.

> Сравнить знания учащихся о гигиенических навыках между государственными и общественными школами в Трес-Риос.

ГЛАВА 3

МЕТОДОЛОГИЯ

Обследование проводилось в трех медицинских пунктах и трех школах, соответствующих микрорайону, в котором расположены эти медицинские пункты. Использовались листы данных PSE, в которых указывались история болезни, семейное положение и результаты физического обследования, такие как вес, рост, индекс массы тела (ИМТ), окружность живота, артериальное давление, гликемия, оценка состояния полости рта и проверка карты прививок ученика.

В связи с неравномерным выполнением работы в обследованных медицинских центрах, в данном исследовании были выделены только показатели ИМТ для ожирения, недостаточного веса, избыточного веса, а также индекс кариеса молочных зубов (ceo-d) и индекс кариеса постоянных зубов (CPO-D).

Возрастные группы были очень разнообразны и соответствовали классам школы. С 10 по 28 сентября 2012 года был проведен краткий анализ состояния здоровья и социально-экономического положения опрошенных учащихся.

Оцениваемые медицинские подразделения (МПП) были выбраны в равноудаленных друг от друга точках, а учебными подразделениями были те, которые соответствовали выбранным медицинским подразделениям.

Координатор программы Três Rios SMS в Рио-де-Жанейро предварительно получил разрешение на проведение исследования в медицинских подразделениях (ПРИЛОЖЕНИЕ 7). Обследованные образовательные учреждения также предоставили разрешение (ПРИЛОЖЕНИЯ 4-6).

Медицинский центр в Пальмитале был связан с муниципальной школой Санта-Лузия в том же районе, медицинский центр в районе Пурис - с муниципальной школой Лейла Апаресида де Алмейда, а медицинский центр в районе Кантагало - с муниципальной школой Жовина Фигередо Салес.

В трех школах, обследованных медицинскими центрами, обучались 792 ученика обоих полов в возрасте от двух до 18 лет.

В день оценки в центрах здоровья пришли не все ученики, поэтому здесь упоминаются только те, кто присутствовал в школе в этот день.

В муниципальной школе Jovina Figueredo Sales, расположенной в районе Cantagalo, в общей сложности 210 учеников, 105 из которых в возрасте от двух до 13 лет приняли участие в оценке; в муниципальной школе Santa Luzia, расположенной в районе Vila Изабель, насчитывает 513 учеников, 467 из которых в возрасте от трех до 16 лет прошли обследование, а в муниципальной школе Лейла Апаресида в районе Пурис - 229 учеников, 133 из которых в возрасте от двух до десяти лет прошли обследование в медицинском отделе.

Во всех семейных медицинских пунктах есть команда, состоящая из врача, медсестры, младшего медперсонала, общественных медицинских работников, административных помощников, хирурга-стоматолога и ассистента по гигиене полости рта, а также Центр поддержки семейного здравоохранения (NASF), состоящий из психологов, диетологов, физиотерапевтов и преподавателей физкультуры, которые оказывают поддержку семейным медицинским пунктам (ESF) в муниципалитетах.

Опросник о гигиенических привычках был проведен среди двух классов каждой из трех государственных школ и трех государственных школ: Colégio Rui Barbosa, Escola Nossa Senhora Aparecida и Escola Nossa Senhora de Fátima.

Перед проведением анкетирования было получено разрешение от руководства школы на проведение анкетирования в классах начальной школы (ПРИЛОЖЕНИЯ 1-6). После получения разрешения сбор данных осуществлялся с помощью анкеты (ПРИЛОЖЕНИЕ 8), содержащей 10 вопросов с несколькими вариантами ответов о привычках учащихся мыть руки, количестве принятых ими ванн, чистке зубов, использовании зубной нити и их знаниях о кариесе. Анкета заполнялась во время уроков утром и днем, с разрешения учителя и под моим наблюдением, чтобы прояснить любые сомнения и/или помочь заполнить анкету, что занимало у учащихся от 15 до 20 минут.

В анкетах приняли участие 162 ученика из государственных школ (Escola Nossa Senhora Aparecida, Escola Nossa Senhora de Fátima и Colégio Rui Barbosa) и 92 ученика из государственных школ (Escola Municipal Leila Aparecida de Almeida, Colégio Municipal Santa Luzia, Escola Municipal Jovina Figueredo Sales).

При представлении результатов они были разделены на статистические данные (предоставленные муниципальным департаментом здравоохранения города Трес-Риос) и данные, полученные в результате анкетирования учащихся государственных и частных начальных школ.

ГЛАВА 4

РЕЗУЛЬТАТЫ И ОБСУЖДЕНИЕ

4.1 АНАЛИЗ ДАННЫХ, ПРЕДОСТАВЛЕННЫХ МУНИЦИПАЛЬНЫМ ДЕПАРТАМЕНТОМ ЗДРАВООХРАНЕНИЯ

Данные, собранные в медицинских центрах и школах города Трэс Риос, представлены в таблицах 1-3 и на рисунках 1-3. Хотя эти данные не отражают реальную ситуацию с учащимися на национальном уровне, они представляют собой реальную ее часть, поскольку при сравнении с исследованиями, проведенными другими авторами, наблюдалось совпадение ответов.

4.2 ОЦЕНКА ПИТАНИЯ СТУДЕНТОВ

Таблица 1 - Оценка питания в трех школьных подразделениях в количестве и процентах

Школьные подразделения	Общее количество учеников/в каждой школьной единице	Процент студентов с пониженным весом	Процент учащихся с достаточным весом	Процент студентов с избыточным весом	Процент учащихся с ожирением
Palmital	467	10,3%	60,6%	15,0%	14,1%
Purys	133	18,0%	65,4%	15,8%	0,8%
Кантагало	105	23,8%	64,8%	3,8%	7,6%

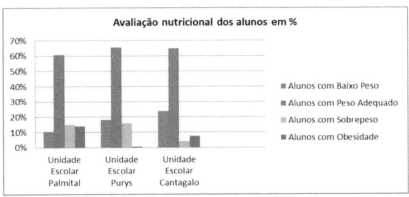

РИСУНОК 1

Источник: Данные, полученные от городского департамента здравоохранения, сведены воедино с данными, полученными от школьных подразделений в 2012 году.

На рисунке 1 показано, что в школе Palmital 10,3% учащихся имели недостаточный вес, 15% - избыточный вес, 14,1% - ожирение, а большинство (60,6%) находились в пределах соответствующего веса согласно ИМТ. В школе Пурис 18,0 % учащихся имели недостаточный

17

вес, 3,8 % - избыточный, 7,6 % - ожирение и 65,4 % - соответствующий вес. В школе Кантагало 23,8 % имели недостаточный вес, 3,8 % - избыточный, 7,6 % - ожирение и 64,8 % - соответствующий вес. Хотя показатели избыточного веса и ожирения привлекают много внимания, в данном случае график показывает высокий процент учащихся с недостаточным весом во всех трех школах.

Таблица 2 - Средняя оценка питания в трех школах

Общее количество студентов	Процент студентов с пониженным весом	Процент учащихся с достаточным весом	Процент студентов с избыточным весом	Процент учащихся с ожирением
705	13,7%	62,2%	13,5 %	10,6%

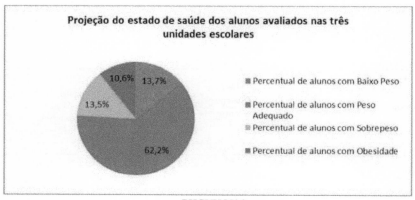

РИСУНОК 2

Источник: Данные, полученные от городского департамента здравоохранения, сведены воедино с данными, полученными от школьных подразделений в 2012 году.

На рисунке 2 показано, что 62,2 процента учащихся имели достаточный вес в соответствии с показателями ИМТ, 13,5 процента имели избыточный вес, 13,7 процента - недостаточный вес и 10,6 процента считались страдающими ожирением. По данным Post *et al* (1996), дети с недостаточным весом могут считаться недоедающими, что может быть связано с проблемами со здоровьем, плохим рационом или неадекватным питанием. Как видно из данных, существуют соответствующие значения, связанные с избыточным весом и ожирением. Избыточный вес - это склонность к ожирению. Troiano *et al.* (1991) утверждают, что у молодых людей с избыточным весом тенденция к ожирению постепенно возрастает. В этом случае важно учитывать факторы для улучшения этих показателей, такие как физическая активность, а также желательно направить больше усилий на первичную помощь, разработанную отделом здравоохранения.

4. 3 ДАННЫЕ О   ЧАСТОТЕ КАРИЕСА В ТРЕХ ОЦЕНИВАЕМЫХ ШКОЛАХ

Индексы ceo-d и CPO-D оценивались в возрастных группах 5 и 12 лет, соответственно, а значения этих индексов были получены у части учеников этих школ в этих возрастах.

Gruebbel (1944) предложил следующую классификацию для молочных зубов: ceo-d - c (разрушенный), e (показано удаление), о (заполненный), которая всегда пишется со строчной буквы и соответствует сумме c + e + o, деленной на общее количество зубов в данном зубном ряду (20). Стандартное значение dmfs ВОЗ для пятилетних детей составляет < 1,5 (INTERNATIONAL DENTAL FEDERATION, 2003).

Индекс DMFT - C (разрушенные), P (потерянные) и O (заполненные) - представляет собой среднее значение в постоянном прикусе. Индекс DMFT, разработанный Кляйном и Палмером (1937), показывает состояние постоянного зубного ряда на основе клинического обследования. Этот индекс является общепринятым и представляет собой среднее значение, полученное в результате суммы количества разрушенных (C), отсутствующих (P) и запломбированных (O) зубов, деленное на количество зубов в данном прикусе (32). С 2000 года ВОЗ установила целевой показатель DMFT < 3 в возрасте 12 лет (INTERNATIONAL DENTAL FEDERATION, 2003). Эти индексы отражают наличие кариеса зубов у отдельных людей и популяций и являются показателем тяжести заболевания, и чем выше значение, тем больше кариес.

Таблица 3 - Уровень заболеваемости кариесом среди населения в трех оцениваемых школах, на основании данных, предоставленных SMS (ПРИЛОЖЕНИЕ 10).

Количество проанализированных учеников и индекс кариеса (DMFT и dmfs) в соответствии с посещенными странами EC							
Возрастная группа	Основа расчета	Palmital	Количество студентов	Purys	Количество студентов	Кантагало	Количество студентов
5 лет	исполнительный директор = c + e + o/N	4.6	56	2,27	41	2,21	62
12 лет	CPO-D = C+P+0/N	2,31	22	2,09	11	3,25	04

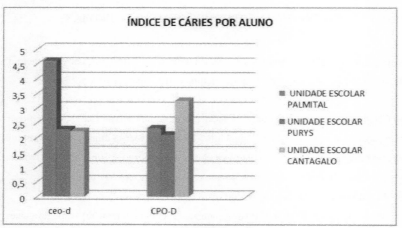

РИСУНОК 3

Источник: Данные, полученные от городского департамента здравоохранения, сведены воедино с данными, полученными от школьных подразделений в 2012 году.

На рисунке 3 показано, что индексы dmfs превышают значения, принятые ВОЗ. Этот индекс должен быть меньше или равен 1,5, и на этом рисунке видно, что в школьном отделении Пальмиталь его значение составило 4,6, в отделении Пурис - 2,27, а в школьном отделении Кантагало - 2,21. Во всех трех школах значение этого показателя превышало допустимое. Это говорит о том, что необходимо проверить рацион питания и гигиену полости рта этих детей, чтобы выяснить, почему эти показатели так высоки, предполагая, что кариозный процесс у детей до пяти лет происходит рано. (2004), которые проанализировали более тысячи детей в городе Паулинеа, штат Южная Африка, и обнаружили, что индекс dmfs составляет 1,90.

Анализируя показатели DMFT, можно отметить, что стандарт ВОЗ (< 3,0) был соблюден в обеих исследуемых школах: в школе Пальмиталь этот показатель составил 2,31, а в школе Пурис - 2,09. В школе Кантагало этот показатель составил 3,25, что выше рекомендуемого среднего значения.

Данные по школам Пальмиталь и Пурис противоречат работе Карвальо *и др.* (2009), которые обнаружили DMFT 4,55 у 12-летних детей, а также взаимосвязь между школьным питанием, ожирением и кариесогенностью в

школьники. В отделении Кантагало индекс оказался немного выше, чем принято для этого возраста (3,25).

4.4 АНАЛИЗ ДАННЫХ, ПОЛУЧЕННЫХ В РЕЗУЛЬТАТЕ АНКЕТИРОВАНИЯ УЧАЩИХСЯ ГОСУДАРСТВЕННЫХ И ЧАСТНЫХ НАЧАЛЬНЫХ ШКОЛ В ТРИС РИОС.

На основе результатов, полученных в ходе анкетирования учащихся государственных и частных школ муниципалитета Трэс Риос, были составлены графики, представленные в данном пункте. Возрастные рамки опроса были сопоставимы в обеих категориях начальных школ (государственных и частных) (в них входят учащиеся в возрасте от семи до 16 лет). В данных о студентах был задан вопрос о количестве людей, проживающих в одном месте, и в обоих типах учебных заведений наблюдалось сходство: от двух до шести человек на семью. Всего было опрошено 162 (63,8%) ученика государственных школ и 92 (36,2%) ученика общественных школ, 123 (48,43%) юноши и 131 (51,57%) девушка.

РИСУНОК 4

Источник: Данные, полученные автором, обобщенные на основе анкет, использованных в ходе интервью в 2012 году.

На рисунке 4 показано, что результаты по типу жилья - собственное или арендованное - для обоих типов учебных заведений были схожи. Более 80 процентов учащихся государственных и общественных школ заявили, что живут в собственных домах, в то время как меньший процент опрошенных проживает в арендованном жилье. Круз и Мораес (2012) отмечают, что в Бразилии доля собственников жилья в 2000 году составляла 74,4 процента, что очень близко к показателям Аргентины (74,9 процента) и Бельгии (74 процента), но уступает Испании, где собственниками жилья являются около 83 процентов населения.

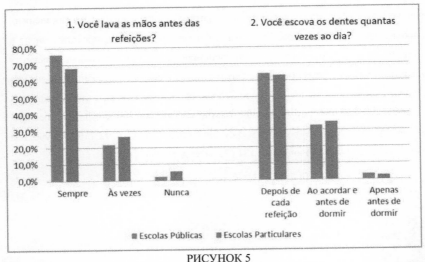

РИСУНОК 5

Источник: Данные, полученные автором, обобщенные на основе анкет, использованных в ходе интервью в 2012 году.

На рисунке 5 представлены результаты ответов на первый и второй вопросы (1[a]) Моете ли вы руки перед едой? (2[a]) Чистите ли вы зубы, сколько раз в день? Этот график показывает, что учащиеся имеют довольно разумные представления о гигиене: большая часть из них ответила, что всегда моет руки перед едой (76%, государственные школы и 67,9%, государственные школы), более 20% ответили, что всегда моют руки перед едой (76%, государственные школы и 67,9%, государственные школы).

и меньшинство (менее 10 процентов) не имели привычки мыть руки перед едой. Рисунок 5 показывает, что значительная часть учащихся государственных школ имеет лучшие гигиенические привычки, что опровергает мнение о том, что только учащиеся государственных школ имеют удовлетворительные гигиенические привычки. Согласно последним данным IDEB, существует разница между государственными и общественными школами (CHAGAS, 2012), причем государственные школы показывают лучшие результаты, чем общественные. В данном исследовании было установлено, что учащиеся государственных школ показали лучшие результаты в плане знания гигиенических навыков.

На вопрос 2[a] о том, как часто учащиеся чистят зубы, большая часть ответила, что чистит зубы после каждого приема пищи (64,1% в государственных школах и 63% в государственных школах). Некоторые учащиеся ответили, что чистят зубы, когда просыпаются и перед сном (32,6% в государственных школах и 34,6% в государственных школах). Abegg, *apud* Aranha (2004), оценивая привычки чистки зубов, обнаружил результаты, сопоставимые с данными настоящего исследования: частота чистки зубов составила более 60 % опрошенных.

Школы имеют огромное значение для показателей здоровья и должны быть средой, в которой формируются здоровые взгляды и поведение, обеспечивая детей и молодежь знаниями и установками, необходимыми для того, чтобы стать здоровыми и продуктивными взрослыми (BRASIL, 2009a).

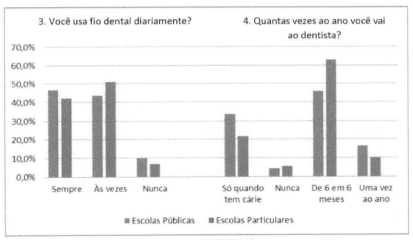

FIGURA 6

Источник: Данные, полученные автором, обобщенные на основе анкет, использованных в ходе интервью в 2012 году.

На рисунке 6, где представлены графики по третьему и четвертому вопросам, касающимся использования зубной нити и частоты посещения стоматолога, более 40 процентов учащихся государственных и общественных школ ответили, что пользуются зубной нитью часто, 43,5 процента (государственные школы) и 51,2 процента (общественные школы) сказали, что пользуются ею иногда. Аранья (2004) обнаружил, что более 29 процентов его респондентов пользуются зубной нитью ежедневно, а остальные - от случая к случаю. По сравнению с данными данного исследования об использовании зубной нити, можно заметить, что в нашей выборке был более высокий процент тех, кто использовал зубную нить ежедневно, что является полезным инструментом для профилактики кариеса. Также видно, что некоторые учащиеся (9,8 % из государственных школ и 2,4 % из государственных школ) не знают о пользе зубной нити или их социально-экономические условия не благоприятствуют использованию зубной нити.

На рисунке также показаны результаты ответа на вопрос о посещении стоматолога, и видно, что значительная часть учащихся как государственных школ (45,6%), так и общественных (63%) очень точно ответили на этот вопрос, указав, что посещают стоматолога каждые шесть месяцев, что свидетельствует об осознании ими важности этой процедуры для поддержания гигиены полости рта и серьезности, с которой осуществляются регулярные визиты. Эти данные несколько отличаются от данных, представленных Бразильским институтом географии и статистики (1998 г.), которые свидетельствуют о меньшем использовании стоматологических услуг населением Бразилии: на тот момент около 33% людей посещали стоматологические кабинеты хотя бы раз в год. На рисунке 6 показан процент учащихся государственных и общественных школ (33,7 % и 21,6 % соответственно), которые заявили, что ходят к стоматологу только при наличии кариеса. Меньшее число опрошенных (16,4 % учеников государственных школ и 9,9 % учеников государственных школ) сказали, что ходят к стоматологу раз в год. И менее 5 % опрошенных заявили, что никогда не были у стоматолога на плановом осмотре.

FIGURA 7

Источник: Данные, полученные автором, обобщенные на основе анкет, использованных в ходе интервью в 2012 году.

Что касается пятого и шестого вопросов, которые касались знаний учащихся о том, что такое кариес, то 88 % учащихся государственных школ и 94,4 % учащихся общеобразовательных школ ответили, что знают, что это такое. Довиго и др. (2011) в своем исследовании, проведенном среди посетителей медицинского центра, отметили, что 70,24 % тех, кто сказал, что знает, что такое кариес, связали его с "дыркой или отверстием в зубе" и "жучком, который ест зуб". Автор отмечает, что люди, которые подтвердили, что знают, что такое кариес, когда их попросили объяснить это, были в замешательстве, а некоторые даже не

24

смогли объяснить. Это показывает, что среди населения Бразилии по-прежнему существуют большие трудности с концептуализацией и объяснением того, что такое кариес.

Что касается привычки чистить зубы и пользоваться зубной нитью в качестве профилактической меры против кариеса, было отмечено, что более 80% опрошенных из обеих школ знают о важности этого процесса. Было отмечено, что больше учеников из государственных школ (16%), чем из государственных (4,3%), не знают о важности чистки зубов и использования зубной нити для предотвращения появления кариеса.

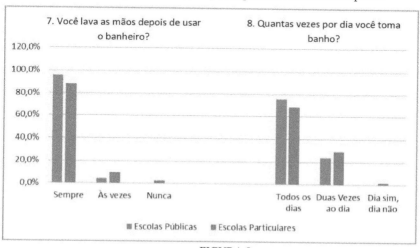

FIGURA 8

Источник: Данные, полученные автором, обобщенные на основе анкет, использованных в ходе интервью в 2012 году.

Зная, что гигиенические привычки необходимы для поддержания личного здоровья и здоровья окружающих, их отсутствие может привести к различным патологическим факторам, которые могут повлиять на личную и семейную жизнь человека. На рисунке 8 представлены результаты по седьмому и восьмому вопросам, касающимся мытья рук после посещения туалета и количества раз в день, когда студенты принимают душ. Большинство респондентов заявили, что всегда моют руки после посещения туалета (95,6 % в государственных школах и 88,3 % в общественных школах). Только 4,4 % в государственных школах и более высокий процент - 9,2 % в государственных школах - заявили, что иногда моют руки, а небольшой процент - 2,5 % учащихся государственных школ - сказали, что никогда не моют руки после посещения туалета. Работа, проведенная Глобальным советом по гигиене (2012), показывает, что люди, которые чаще моют руки, сообщают о меньшем количестве случаев инфекционных заболеваний. Автор указывает, что, несмотря на то, что более 80 % людей осознают, что их руки могут быть загрязнены после посещения туалета, только 64 % людей заявили, что всегда моют руки после посещения туалета.

Восьмой вопрос касался частоты соблюдения гигиены тела. В этом пункте 76,1 % учащихся государственных школ и 68,5 % учащихся государственных школ сообщили, что принимают душ ежедневно, 23,9 % учащихся государственных школ и 29,6 % учащихся государственных школ сказали, что принимают душ дважды в день, только 1,9 % учащихся государственных школ сообщили, что принимают душ раз в два дня, и ни один учащийся не сказал, что принимает душ только раз в неделю. Алмейда (2012) в статье для сайта Brasil Escola показал, что гигиена посредством купания используется большинством населения в Бразилии и во всем мире. В Бразилии купание - обычное дело, и в среднем оно происходит от двух до трех раз в день. Майя (2012), проведя исследование в 10 странах, пришел к выводу, что бразильцы чаще других принимают ванну. Результаты автора показывают, что в Бразилии в среднем на одного человека приходится 19,8 купаний в неделю, что составляет примерно три купания в день. За ними следуют русские - 8,4 ванны в неделю, японцы (7,9), французы (7,7), американцы (7,4), немцы и итальянцы (6,1), британцы (5,6), китайцы (4,9) и индийцы (3).

FIGURA 9

Источник: Данные, полученные автором, обобщенные на основе анкет, использованных в ходе интервью в 2012 году.

На рисунке 9 графически представлены результаты знаний о механизме возникновения кариеса и важности чистки зубов. Видно, что 52,2 % учеников государственных школ и 69,7 % учеников государственных школ указали на микробы как на потребителей остатков пищи на зубах, в то время как 42,4 % (государственные школы) и 19,7 % (государственные школы) сказали, что слюна изнашивает зуб. Исследование, проведенное в Институте химии (PROENC,

26

2012   http://www.proenc.iq.unesp.br/index.php/biologia/46-textos-sobre-biologia/331-porqdevemoesc), свидетельствует о том, что слюна разрушает зуб, поскольку эксперимент, проведенный со слюной, показал, что:

> "Бактерии в нашей слюне ферментируют углеводы, которые мы едим, и производят молочную кислоту. Это дает энергию бактериям, но подкисляет поверхность зубов, что не очень хорошо... При pH ниже 5,5 гидроксиапатит, один из основных компонентов зубов, начинает растворяться. Растворение этого минерала способствует появлению небольших углублений в зубах, в которых может закрепиться больше бактерий и образовать кариозные полости. Поэтому, чтобы сохранить зубы здоровыми, необходимо чистить их не менее трех раз в день, чтобы механически удалять остатки пищи и бактериальный налет".

Это утверждение противоречит действительности, поскольку при употреблении сахара (сахарозы) бактерии в полости рта расщепляют его компоненты (глюкозу и фруктозу). Эти бактерии используют только ту глюкозу, которая подвергается ферментации, при этом образуется молочная кислота, а низкий уровень pH способствует деминерализации зубов. Неиспользованная бактериями фруктоза накапливается в межзубных промежутках, и при отсутствии надлежащей гигиены она мешает слюне, которая регулирует pH, непрерывно циркулировать по полости рта. При отсутствии надлежащей чистки, особенно перед сном, поскольку во время сна слюноотделение отсутствует, ацидогенное действие бактерий усиливается, поскольку слюна действует как нейтрализующий буфер для кислотности, что создает благоприятные условия для образования кариеса (LEITES, PINTO & SOUZA, 2006).

> "Различные виды бактерий в зубной биопленке при контакте с сахарозой могут синтезировать различные типы полисахаридов или превращать ее в кислоту. Образующиеся полисахариды могут быть: полимеры глюкозы (гликаны), образующиеся под действием фермента гликозилтрансферазы из сахарозы. Гликаны с преобладанием аль-6 связей называются декстранами, а с преобладанием 1-3 связей - мутанами. Последние очень нерастворимы, жесткие и могут образовывать волокнистые агрегаты, в то время как декстраны образуют гибкие цепи и более растворимы. Из сахарозы также могут образовываться полимеры фруктозы (фруктоны), образующиеся под действием фермента фруктозилтрансферазы. Фруктаны - это очень растворимые внеклеточные полимеры фруктозы с 0 2,6 связями, которые образуются в меньшей степени, чем гликаны. Когда сахароза заканчивается, фруктозы быстро метаболизируются бактериями в зубной биопленке. Бактерии полости рта также способны накапливать углеводы в виде внутриклеточных полисахаридов (ВКП), таких как гликоген. В отличие от внеклеточных полисахаридов (ВКП), которые в основном образуются из сахарозы, ВКП могут образовываться из любого типа сахара, который может быть преобразован в глюкозо-1-фосфат (глюкозо-1-П может быть образован из глюкозы, лактозы, мальтозы и сахарозы). PICs метаболизируются, когда отсутствуют другие источники углеводов, например, между приемами пищи. Таким образом, сахароза является более кариогенной, поскольку, помимо того, что она является субстратом для производства кислоты, существует положительная корреляция между рационом, богатым сахарозой, и увеличением производства PIC и PEC в бактериальной биопленке" (LEITES, PINTO & SOUZA, 2006, p.139).

Небольшая часть опрошенных (5,4 % в государственных школах и 10,6 % в общественных школах) выбрала вариант, что употребление патоки является основной причиной кариеса. Очевидно, что люди не принимают во внимание потребление сахаров в рационе как основной фактор в этиологии кариеса (DOVIGO et *al.*, 2011). Было замечено, что учащиеся государственных школ показали более глубокие знания о причинах кариеса, что проявилось в том, что не только "поедание патоки" приводит к появлению кариеса, но и что все остатки пищи, скапливающиеся между зубами, вредны и способствуют размножению микробов, вызывающих кариес. Довиго *и др.* (2011, с. 07) в своем исследовании знаний о причинах кариеса обнаружили:

> "что никто не дал адекватного ответа на вопрос о многофакторной этиологии кариеса, то есть о взаимодействии между диетой, богатой сахарами, плохой гигиеной и бактериями. Это вызывает беспокойство, поскольку знание многофакторной этиологии кариеса является первым важным шагом к его профилактике".

Freire *et al.* (2002) подчеркнули важность диеты для здоровья полости рта и предупредили, что диета мало признается в качестве причинного фактора кариеса, поскольку большинство профилактических образовательных программ уделяют больше внимания гигиене полости рта, не уделяя приоритетного внимания другим факторам, которые чрезвычайно важны в определении его этиологии.

Многие из опрошенных учеников не знают, что на самом деле происходит при гигиене полости рта с помощью щетки и зубной нити. Согласно результатам, представленным на рисунке 9, 53,3 % учеников государственных школ и 39,5 % учеников государственных школ ответили, что когда они чистят зубы, они полностью чистые. Более 20 процентов учеников из исследованных школ заявили, что при чистке зубов уничтожаются все микробы, что не соответствует действительности. Согласно исследованию, опубликованному в журнале Ebah (2012), гигиена полости рта - лучший способ поддержания микробиоты в совместимом физиологическом количестве, но невозможно удалить все микробы из полости рта с помощью чистки зубов. На эту концепцию указали 24 % учащихся государственных школ и 36,4 % учащихся общественных школ, когда они заявили, что чистка зубов уменьшает количество микробов.

ГЛАВА 5

ЗАКЛЮЧЕНИЕ

Было отмечено, что учащиеся государственных школ показали отличные результаты в области гигиены тела и полости рта, что указывает на PSE как на инструмент, имеющий большое значение для улучшения этого восприятия. В результате цель программы - стать ключевым фактором признания учащихся государственных учреждений в муниципалитете Трис Риос. Учащиеся государственных школ, которые не участвуют в программе, получают определенную поддержку, будь то семейное воспитание или пропаганда здорового образа жизни, которые являются частью школьной программы. Реализация PSE актуальна в краткосрочной перспективе как эпидемиологический диагностический фактор, а в долгосрочной перспективе - как фактор, имеющий реальное значение в вопросах личной и коллективной гигиены, поскольку она восполняет недостатки семейного воспитания, ставя учащихся в равные условия с учениками государственных школ с точки зрения гигиенических представлений. Было также отмечено, что кариес зубов по-прежнему является одной из наиболее распространенных проблем здравоохранения в Бразилии. В большинстве случаев эти проблемы связаны с неадекватными гигиеническими привычками или отсутствием информации по этому вопросу. Важно подчеркнуть тот факт, что частота кариеса часто связана и с другими факторами, которые могут быть связаны с его возникновением, такими как частое потребление ферментируемых углеводов и низкий социально-экономический статус. Поэтому пропаганда здорового образа жизни актуальна как демистифицирующий фактор в вопросах гигиены и способ обеспечить надлежащую подготовку граждан, которые будут нести ответственность за будущее нации.

ГЛАВА 6

БИБЛИОГРАФИЧЕСКИЕ ССЫЛКИ

АЛМЕЙДА. F. B. BRASIL ESCOLA. **Принимать горячую ванну дорого**. Available at:<http://www.brasilescola.com/fisica/tomar-banho-quente-custa-caro.htm>. Accessed on: 03.Oct.2012.

ALVES, V. S. **Um modelo de educação em saúde para o programa em saúde para o Programa Saúde da Família: pela integralidade da atenção e reorientação do modelo assistencial, Interface - Comunic., Saúde, Educ.**, v.9, n.16, p.39-52, set.2004/fev.2005.

ПРИЛОЖЕНИЕ 11. **Здоровье в школе**. Доступно

at:< http://portal.saude.gov.br/portal/saude/profissional/visualizar_texto.cfm?idtxt=29109 >. Accessed on: 01. Oct. 2012.

АРАНХА. L.A.R. **Распространенность кариеса и гингивита среди 12-летних школьников в муниципальной школьной сети Боа Виста, Рорайма.** Министерство здравоохранения. 2004.

BALDANI, M. H.; NAVAI, P. C. & ANTUNES, J. L. F. **Кариес зубов и социально-экономические условия в штате Парана, 1996 г. Бразилия.** Caderno de Saúde Pública, 18:755-763. 2002.

БРАЗИЛИЯ. Декрет № 6.286 от 5 декабря 2007 года. **Учреждает Программу школьного здравоохранения - PSE и вносит другие положения.** Официальный вестник Федеративной Республики Бразилия, исполнительная власть, Бразилиа, DF, 05 декабря 2007a.

БРАЗИЛИЯ. Министерство здравоохранения. Секретариат по стратегическому и партисипативному управлению. Департамент поддержки партисипативного управления. **Caderno de educação popular e saúde/Ministério** da Saúde, Secretaria de Gestão Estratégica e Participativa, Departamento de Apoio à Gestão Participativa. - Бразилия: Министерство здравоохранения, 2007b.

БРАЗИЛИЯ. Министерство здравоохранения. Секретариат здравоохранения. Департамент первичной помощи. **Здоровье в школе** / Министерство здравоохранения, Секретариат здравоохранения, Департамент первичной помощи. - Brasília: Ministry of Health. 96 с. (Cadernos de Atenção Básica; n. 24), 2009a.

БРАЗИЛИЯ. Министерство здравоохранения. Секретариат по надзору за здравоохранением. Департамент анализа ситуации в здравоохранении. **Saúde Brasil 2008: 20 лет единой системы здравоохранения (SUS) в Бразилии.** 416.p. Brasília, 2009b.

CARVALHO, M. F. DE; CARVALHO, R. F. DE; CRUZ, F.L.G.; RODRIGUES. P.A.; LEITE, F.P.P. & CHAVES, M.G.A.M. **Корреляция между школьным питанием, ожирением и кариесогенностью у школьников.** Revista Odonto. São Bernardo do Campo, SP. v.17, n.34, jul./dez.2009.

ЧАГАС. A. Портал Терра. **Идеб: ниже цели, частные лица оценивают работу положительно.**<http://noticias.terra.com.br/educacao/noticias/0%2c%2cOI6079186-EI8266%2c00Ideb+below+the+target+individuals+evaluate+performance+as+positive.html>.

Accessed on: 08. Oct.2012.

CRUZ & MORAES. Ипеа. Проблемы развития. Available at:< **http://www.ipea.gov.br/desafios/index.php?option=com_content&view=article&id =1033:catid=28&Itemid=23>.** Accessed on: 01. Oct. 2012.

КАРРИ, К. ГАБХЕЙНН. С.Н. ГОДЕО. Э. КУРРИ. Д. РОБЕРТС. С. & SMITH. R. **Неравенство в здоровье молодых людей: международный отчет HBSC по результатам исследования 2005/2006 гг.** Копенгаген: Всемирная организация здравоохранения, 206 с. (Политика здравоохранения для детей и подростков, № 5), 2008.

DOVIGO, M. R. P. N.; GARCIA, P. P. N. S.; CAMPOS, J. A. D. B.; DOVIGO, L. N. & WALSH, I. A. P. **Стоматологические знания взрослых, посещающих семейный медицинский пункт в муниципалитете Сан-Карлос, Бразилия.** Стоматологический журнал городского университета Сан-Паулу 23(2): 107-24, май-август 2011 г.

ЕВАН.EcossistemaBucal<http://www.ebah.com.br/content/ABAAABaEMAE/ecossist ema-bucal#>. Accessed on: 03.Oct.2012.

МЕЖДУНАРОДНАЯ СТОМАТОЛОГИЧЕСКАЯ ФЕДЕРАЦИЯ. **Глобальные цели по охране здоровья полости рта в 2000 году.** Int. Dent. J, 32(1): 74-7, 1982. ВОЗ. Всемирный доклад о здоровье полости рта за 2003 год.

ФИОКРУЗ. Исторический альманах - **Освальдо Круз, Медицина Бразилии,** с. 1 - 60, 2003.

FREIRE, M. C. M.; PEREIRA, M. F.; BATISTA, S. M. O.; BORGES, M. R. S.; BARBOSA, M. I. & ROSA, A. G. F. **Распространенность кариеса и потребность в лечении у школьников в возрасте от 6 до 12 лет в системе государственных школ.** Revista de Saúde Pública, 33:385-390, 1999

FREIRE M.D.C.M., SOARES F.F. & PEREIRA M.F. **Знания о здоровье зубов, диете и гигиене полости рта у детей, получающих помощь в стоматологической школе Федерального университета Гояса.** J Bras. Odontopediatr. Odontol. Bebe. May-June;5(25):195-9, 2002.

ВСЕМИРНЫЙ СОВЕТ ПО ГИГИЕНЕ. Гигиена рук. Available at: < http://www.samshiraishi.com/global-hygiene-council-2012/>. Accessed on: 03. Oct. 2012.

ГРУЭББЕЛЬ, А. О. **Измерение распространенности кариеса и услуг по лечению молочных зубов.** J.dent. Res., **23:** 163-8, 1944.

БРАЗИЛЬСКИЙ ИНСТИТУТ ГЕОГРАФИИ И СТАТИСТИКИ. **Национальное выборочное обследование домохозяйств** (PNAD 98). Рио-де-Жанейро: Фонд Бразильского института географии и статистики; 1998.

KLEIN, H. & PALMER, C. E. **Кариес зубов у детей американских индейцев.** Publ. Hlth Bull, (239), 1937.

LEITES, A.C.B.R; PINTO, M.B. & SOUZA, E.R.S. **Микробиологические аспекты кариеса зубов.** Salusvita, Bauru, v.25, n.2, p. 135-148, 2006.

MAIA. R7 News. **Исследование утверждает, что бразильцы - чемпионы по купанию, но знайте об опасности преувеличения.** Available at:< http://noticias.r7.com/saude/noticias/pesquisa- diz-que-brasileiro-e-campeao-de-banho-conheca-os-perigos-do-exagero- 20100714.html>. Accessed on: 03.Oct.2012.

MALTZ, M. & CARVALHO, J. **Диагностика кариеса.** Укрепление здоровья полости рта, с. 69-91, Сан-Паулу: Artes Médicas, 1994.

МАЛЬТЦ, М. И СИЛЬВА, Б. Б., 2001. **Взаимосвязь между кариесом, гингивитом и флюорозом и уровнем ВОЗ.** Federation Dentaire Internationale - Глобальные цели по охране здоровья полости рта в 2.000 году. Int. Dent. J., 32(1):74-7, 1982.

ВОЗ. Всемирная организация здравоохранения. **Устав Всемирной организации здравоохранения.** Основные документы. Женева. 1946.

PELICIONI, M. C. F. & PELICIONI, A. F. **Образование и укрепление здоровья: историческая ретроспектива.** O Mundo da Saúde, São Paulo, p. 320-328, jul./set, 2007.

ПОРТАЛМЕК   .   **Здоровье.**   Доступно по адресу :< portal.mec.gov.br/seb/arquivos/pdf/livro092.pdf> Accessed: 28.Aug.2012

POST. C. L; VICTORA. C. G; BARROS. F. C; HORTA. B. L & GUIMARÃES. P. R. V. **Детское недоедание и ожирение в двух популяционных когортах на юге Бразилии: тенденции и различия.** Cad. Saúde Públ., Rio de Janeiro, 12(Supl.1):49- 57, 1996.

ПРОЕНК - ХИМИЧЕСКИЙ ИНСТИТУТ. **Почему мы должны чистить зубы?** Available at: <http://www.proenc.iq.unesp.br/index.php/biologia/46-textos-sobre- biologia/331-porqdevemoesc>. Accessed on: 03.Oct.2012.

Розен, Г. **История общественного здравоохранения.** 2. изд. Сан-Паулу: Hucitec/ Editora da Unesp; Рио-де-Жанейро: Abrasco; 1994.

SOUZA, M.L.R.; CYPRIANO, S.; COSTA, S.C. & GOMES, P.R. Паулинеа, Сан-Паулу, Бразилия: **ситуация с кариесом зубов в сравнении с целевыми показателями ВОЗ на 2000 и 2010 гг.** Cad. Saúde Pública, Rio de Janeiro, v.20, p.866-870, 2004.

TROIANO R.P., FLEGAL K.M., KUKZMARSKI R.J., CAMPBELL S.M. & JOHSON C.L. Распространенность избыточного веса и тенденции в отношении детей и подростков - **Национальное обследование здоровья и питания**; 149: 1085-91, 1991.

ГЛАВА 7

ПРИЛОЖЕНИЕ 1

Rio de Janeiro, 06/09/ 2012.

Caro (a) Sr (a). Diretor (a) do Colégio Rui Barbosa:

Na qualidade de orientadora do trabalho final para graduação da licencianda em Ciências Biológicas da UFRJ/CEDERJ, ROSÂNGELA MARQUES DE LIMA PASCHOALETTO, DRE UFRJ 20071402261 venho, através desta, solicitar sua anuência para que a mesma possa aplicar questionários, no âmbito da Educação em Saúde no município de Três Rios, em turmas do ensino fundamental, dessa unidade escolar. O trabalho tem grande importância social no sentido de verificar o conhecimento dos alunos sobre noções de higiene em relação à manutenção da saúde. Os alunos terão garantido o anonimato, precisando declarar a idade, sexo, ano escolar, tipo de moradia e quantidade de pessoas com quem compartilham a residência, sendo resguardado o direito de recusa à participação nas atividades, por qualquer deles, após serem esclarecidos a respeito.

Certa de contar com a colaboração dessa direção, subscrevo-me.

Atenciosamente.

Maria Isabel Madeira Liberto

Professora Associada da UFRJ - Orientadora

Maria Isabel Madeira Liberto
Coordenadora do Programa de Extensão IMPPG
Instituto de Microbiologia Paulo de Góes UFRJ
Regional 5073058 SIAPE 0373022

Norma Saely Junqueira Zacaroo
DIRETORA - Reg. 1946/93 - MEC/RJ

Laboratório de Excretores de Superfícies - Profa. Maglori Carla Calvin e Maria Isabel Madeira Liberto.
Av. Carlos Chagas Filho 373, Campus de Ciências da Saúde (CCS) - Bloco I - Sala Pdd6 - Cidade Universitária - Rio de Janeiro - RJ - Brasil - CEP 21941-590

Rio de Janeiro, 06/09/ 2012.

Caro (a) Sr (a). Diretor (a) da Escola Nossa Senhora de Fátima:

Na qualidade de orientadora do trabalho final para graduação da licencianda em Ciências Biológicas da UFRJ/CEDERJ, ROSÂNGELA MARQUES DE LIMA PASCHOALETTO, DRE UFRJ 20071402261 venho, através desta, solicitar sua anuência para que a mesma possa aplicar questionários, no âmbito da Educação em Saúde no município de Três Rios, em turmas do ensino fundamental, dessa unidade escolar. O trabalho tem grande importância social no sentido de verificar o conhecimento dos alunos sobre noções de higiene em relação à manutenção da saúde. Os alunos terão garantido o anonimato, precisando declarar a idade, sexo, ano escolar, tipo de moradia e quantidade de pessoas com quem compartilham a residência, sendo resguardado o direito de recusa à participação nas atividades, por qualquer deles, após serem esclarecidos a respeito.

Certa de contar com a colaboração dessa direção, subscrevo-me.

Atenciosamente.

Maria Isabel Madeira Liberto

Professora Associada da UFRJ - Orientadora

34

Rio de Janeiro, 06/09/ 2012.

Caro (a) Sr (a). Diretor (a) da Escola Nossa Senhora Aparecida:

Na qualidade de orientadora do trabalho final para graduação da licencianda em Ciências Biológicas da UFRJ/CEDERJ, ROSÂNGELA MARQUES DE LIMA PASCHOALETTO, DRE UFRJ 20071402261 venho, através desta, solicitar sua anuência para que a mesma possa aplicar questionários, no âmbito da Educação em Saúde no município de Três Rios, em turmas do ensino fundamental, dessa unidade escolar. O trabalho tem grande importância social no sentido de verificar o conhecimento dos alunos sobre noções de higiene em relação à manutenção da saúde. Os alunos terão garantido o anonimato, precisando declarar a idade, sexo, ano escolar, tipo de moradia e quantidade de pessoas com quem compartilham a residência, sendo resguardado o direito de recusa à participação nas atividades, por qualquer deles, após serem esclarecidos a respeito.

Certa de contar com a colaboração dessa direção, subscrevo-me.

Atenciosamente.

_____
Maria Isabel Madeiro Liberto
Professora Associada da UFRJ - Orientadora
Maria Isabel Madeiro Liberto
Coordenação do Programa de Extensão IMPG
Instituto de Microbiologia Paulo de Góes - UFRJ
Registro: *1073008 SIAPE 0372822

ESCOLA NOSSA SENHORA DA APARECIDA
Rua Antônio Fernandes de Oliveira, 84
Centro – TRÊS RIOS – RJ
Mantenedora: Sociedade Educacional Souza
Obelico – CNPJ 33.656.490/0001-46
AUT. DECISÃO 921/78 de 23-11-89
RECONHECIMENTO – Res. 814/SEE de
24-06-83 – PORTARIA Nº 5731/DAT de
29-01-85 – Aut. de 5ª à 8ª Série

Laboratório de Infecções de Superfícies - Profa. Maribel Cayré Cabral e Maria Isabel Madeira Liberto
Av. Carlos Chagas Filho 373, Centro de Ciências da Saúde (CCS) - Bloco I - Sala 048 - Cidade Universitária - Rio de Janeiro - RJ - Brasil - CEP 21941-590

Rio de Janeiro, 06/09/ 2012.

Cara Sra. Diretora da Escola Municipal Sta. Luzia :

Na qualidade de orientadora do trabalho final para graduação da licencianda em Ciências Biológicas da UFRJ/CEDERJ, ROSÂNGELA MARQUES DE LIMA PASCHOALETTO, DRE UFRJ 20071402261 venho, através desta, solicitar sua anuência para que a mesma possa aplicar questionários, no âmbito da Educação em Saúde no município de Três Rios, em turmas do ensino fundamental, dessa unidade escolar. O trabalho tem grande importância social no sentido de verificar o conhecimento dos alunos sobre noções de higiene em relação à manutenção da saúde. Os alunos terão garantido o anonimato, precisando declarar a idade, sexo, ano escolar, tipo de moradia e quantidade de pessoas com quem compartilham a residência, sendo resguardado o direito de recusa à participação nas atividades, por qualquer deles, após serem esclarecidos a respeito.

Certa de contar com a colaboração dessa direção, subscrevo-me.

Atenciosamente,

_____

Maria Isabel Madeira Liberto

Professora Associada da UFRJ - Orientadora
Maria Isabel Madeira Liberto
Coordenadora do Programa de Extensão IMPPG
Instituto de Microbiologia Paulo de Góes - UFRJ
Registro   SIAPE 0371022

ESCOLA MUNICIPAL SANTA LUZIA
Rua Pedro Recio do Amaral, 131

Laboratório de Genética de Imunobiologia - Profa. Maria Isabel Madeira Liberto
Av. Carlos Chagas Filho 373, Centro de Ciências da Saúde (CCS) - Bloco I - Sala BSS06 - Cidade Universitária - Rio de Janeiro - RJ - Brasil - CEP: 21941-902

Rio de Janeiro, 06/09/ 2012.

Cara Sra. Diretora da Escola Municipal Jovina Figueiredo Sales :

Na qualidade de orientadora do trabalho final para graduação da licencianda em Ciências Biológicas da UFRJ/CEDERJ, ROSÂNGELA MARQUES DE LIMA PASCHOALETTO, DRE UFRJ 20071402261 venho, através desta, solicitar sua anuência para que a mesma possa aplicar questionários, no âmbito da Educação em Saúde no município de Três Rios, em turmas do ensino fundamental, dessa unidade escolar. O trabalho tem grande importância social no sentido de verificar o conhecimento dos alunos sobre noções de higiene em relação à manutenção da saúde. Os alunos terão garantido o anonimato, precisando declarar a idade, sexo, ano escolar, tipo de moradia e quantidade de pessoas com quem compartilham a residência, sendo resguardado o direito de recusa à participação nas atividades, por qualquer deles, após serem esclarecidos a respeito.

Certa de contar com a colaboração dessa direção, subscrevo-me.

Atenciosamente,

Maria Isabel Madeira Liberto

Professora Associada da UFRJ - Orientadora

Maria Isabel Madeira Liberto
Coordenadora do Programa de Extensão IMPG,
Instituto de Microbiologia Paulo de Góes UFRJ
Registro 130003. SIAPE 0373021

Escola Municipal de Ensino Fundamental Jovina Figueiredo Sales
Praça Mestre Gestuas, 18
Bemfica - Três Rios - RJ

Laboratório de Estrutura de Superfícies – Profa. Marinez Gaetz Cabral e Maria Isabel Madeira Liberto
Av. Carlos Chagas Filho 373, Centro de Ciências da Saúde (CCS) - Bloco I - Sala Ms01C - Cidade Universitária - Rio de Janeiro - RJ - Brasil - CEP: 21941-901

Rio de Janeiro, 06/09/ 2012.

Cara Sra. Diretora da Escola Municipal Leila Aparecida de Almeida :

Na qualidade de orientadora do trabalho final para graduação da licencianda em Ciências Biológicas da UFRJ/CEDERJ, ROSÂNGELA MARQUES DE LIMA PASCHOALETTO, DRE UFRJ 20071402261 venho, através desta, solicitar sua anuência para que a mesma possa aplicar questionários, no âmbito da Educação em Saúde no município de Três Rios, em turmas do ensino fundamental, dessa unidade escolar. O trabalho tem grande importância social no sentido de verificar o conhecimento dos alunos sobre noções de higiene em relação à manutenção da saúde. Os alunos terão garantido o anonimato; precisando declarar a idade, sexo, ano escolar, tipo de moradia e quantidade de pessoas com quem compartilham a residência, sendo resguardado o direito de recusa à participação nas atividades, por qualquer deles, após serem esclarecidos a respeito.

Certa de contar com a colaboração dessa direção, subscrevo-me.

Atenciosamente,

Maria Isabel Machina Liberto
Professora Associada da UFRJ - Orientadora

Maria Isabel Machina Liberto
Coordenadora do Programa de Extensão IMPPL
Instituto de Microbiologia Paulo de Góes UFRJ,
Registro 150/3008 SIAPE 0372020

Cátia Gomes de Almeida
Diretora
Matr. 112503

Laboratório de Estrutura de Superfícies - Profa. Maria Luiza Carvalho Greca e Maria Isabel Machina Liberto
Av. Carlos Chagas Filho 373, Centro de Ciências da Saúde (CCS) - Bloco I - Sala I0-054 - Cidade Universitária - Rio de Janeiro - RJ - Brasil - CEP 21441-590

38

ПРИЛОЖЕНИЕ 7 - Разрешение муниципального департамента здравоохранения на использование данных.

PREFEITURA DO MUNICÍPIO DE
TRÊS RIOS
SECRETARIA MUNICIPAL DE
SAÚDE E DEFESA CIVIL

Três Rios, 18 de setembro 2012

Autorização

Autorizo a graduanda em Licenciatura em Ciências Biológicas da UFRJ/CEDERJ Rosangela Marques Lima Paschoaletto a realizar visitas nas Unidades de Saúde da Família do município de Três Rios e a utilizar as informações fornecidas e coletadas com a finalidade de compor a pesquisa da monografia de graduação.

Renata Odete de Azevedo Souza
Coordenação de Programas em Saúde

Renata O. A. Souza
Coord. Programas em Saúde
COREN 149649

ПРИЛОЖЕНИЕ 8 - Анкета для учащихся государственных и общественных школ.

Имя: Школа: Серия: Пол: М ( ) Ф ( )	Возраст: Тип дома: ( ) Собственный (> Арендованный Сколько человек проживает в доме: _____
1 - Моете ли вы руки перед едой? (i Всегда ( ) Иногда ( ) Никогда	6 - Знаете ли вы, что чистка зубов и использование зубной нити очень важны для профилактики кариеса? < l Да <) Нет
2 - Чистите ли вы линзы <|сколько раз в день? (1 После кодовой трапезы) Когда акоидат перед дотированием ( ) Только перед сном	7 - Моете ли вы руки после посещения туалета? (t Всегда < > Иногда (i Never
3 - Вы ежедневно пользуетесь зубной нитью? (i Всегда ( ) Иногда ( ) Никогда	8 - Сколько раз в день вы принимаете душ? (> Каждый день (t Дважды в день < t Каждый день ( ) Раз в неделю
4 - Сколько раз в год вы посещаете стоматолога? ( ) Только при наличии кариозных полостей ( ) Никогда ( ) Каждые шесть месяцев ( ) *Раз* в год	9 - Знаете ли вы, что вызывает кариес? (l Слюна разрушает зуб (t Микробы используют остатки пищи на зубах (l Пищевая патока
5 - Знаете ли вы, что такое <|ue и кариес? ( ) Солнце ( ) Нет	10 - Знаете ли вы, что происходит, когда вы чистите зубы? (> Делиры остаются чистыми. < > Уменьшает количество микробов (> Все микробы уничтожены

40

МЭРИЯ ГОРОДА ТРИС РИОС МУНИЦИПАЛЬНЫЙ ДЕПАРТАМЕНТ
ЗДРАВООХРАНЕНИЯ И ГРАЖДАНСКОЙ ОБОРОНЫ

ПРОЕКТ "ЗДОРОВЬЕ" В ШКОЛЕ TRÊS RIOS

ЯНВАРЬ 2010 Г.

МЭРИЯ ГОРОДА ТРИС РИОС МУНИЦИПАЛЬНЫЙ ДЕПАРТАМЕНТ
ЗДРАВООХРАНЕНИЯ И ГРАЖДАНСКОЙ ОБОРОНЫ

ПРОЕКТ "ШКОЛЬНОЕ ЗДОРОВЬЕ

Мэр:
Винисиус Медейрос Фара

Министр здравоохранения:
Луис Альберто Барбоза

Координатор стратегии охраны здоровья семьи:
Аманда де Соуза Сантос

Координация мероприятий по охране здоровья полости рта:
Адриан де Кастро Санта Роза

Координация программ здравоохранения:
Рената Одете де Азеведо Соуза

Bolsa Família и SISVAN Координатор:
Марианжела Морейра де Оливейра

Координация деятельности NASF:
Лусиана Алвес Масси

Министр образования:
Маркус Медейрос Баррос

Координация образования:
Андреа Стефани Монтес

ВВЕДЕНИЕ

Программа "Здоровье в школе" (PSE) была учреждена Указом Президента № 6 286
от 5 декабря 2007 года в качестве предложения по межсекторальной политике между
министерствами здравоохранения и образования с целью обеспечения комплексного ухода
(профилактики, укрепления и внимания) за здоровьем детей, подростков и молодежи в

системе государственного базового образования (ясли, начальная и средняя школа) в рамках школ и/или базовых медицинских пунктов, осуществляемого семейными медицинскими бригадами.

Проект направлен на достижение большей интеграции между командами семейных медицинских пунктов и школами в их районе, с целью продвижения мероприятий по охране здоровья, направленных на помощь ученикам, их семьям и местному сообществу.

Проект был утвержден Межведомственным постановлением № 3 696 от 25 ноября 2010 года, и муниципалитет соответствовал критериям для вступления: охват программой "Здоровье семьи" составлял более 70%, а индекс развития базового образования (IDEB) в 2009 году был 4,5 или ниже.

Муниципалитет Трес-Риос относится к региону Центр-Юг Флуминенсе штата Рио-де-Жанейро, а общая численность населения, по данным IBGE (2009), составляет 76 075 человек, из которых около 96% проживают в городах. Преобладающая возрастная группа - от 10 до 44 лет, 40 491 человек, 55% от общего числа. Дети по-прежнему составляют большую группу населения: 10 759 человек, или 15 % от общей численности населения.

Согласно Генеральному плану регионализации штата, Трес-Риос является центральным муниципалитетом микрорегиона здоровья 1 Centro-Sul Fluminense, в который входят Сапукайя, Комендадор Леви Гаспариан, Ареал, Параиба-ду-Сул, Пати-ду-Алферес, Васурас, Энгенейру Паулу де Фронтин, Мигель Перейра, Пакарамби и Мендес.

Реализация проекта направлена на решение основных проблем, выявленных среди населения, с помощью мероприятий, направленных в основном на санитарное просвещение с целью предотвращения проблем со здоровьем.

Ниже представлена диагностика социально-экономических условий и состояния здоровья населения, а также сети здравоохранения и образования муниципалитета.

1 СОЦИАЛЬНО-ЭКОНОМИЧЕСКИЕ УСЛОВИЯ

Индекс человеческого развития (ИЧР) муниципалитета Трес-Риос составляет 0,782, что соответствует 1014-му месту среди бразильских муниципалитетов в 2000 году и 23-му месту среди 92 муниципалитетов штата Рио-де-Жанейро. Муниципалитет не испытывает серьезных трудностей с точки зрения развития человеческого потенциала и качества жизни, поскольку это значение ИРЧП считается средним и близко к ИРЧП, считающемуся высоким уровнем развития, который превышает 0,800, согласно данным ПРООН в Бразилии.

Если говорить о доходах семей, то в 2000 году насчитывалось 1053 семьи без доходов или с доходом до ^ минимальной заработной платы, что составляет около 4,8 процента от общего числа семей. Это свидетельствует о том, что значительная часть семей живет на очень низкий доход, что может означать заметное социальное неравенство в муниципалитете (таблица 1.1).

Таблица 1.1: Число семей-резидентов с ежемесячным доходом до$^1\!/_2$ минимальной заработной платы, Трэс Риос, 2000 г.

Номинальный класс эффективности	Количество семей.	%
Нет дохода	856	3,90
До 1/4 минимальной заработной платы	31	0,14
Более 1/4 - 1/2 минимальной заработной платы	166	0,76
Более 1/2 - 3/4 минимальной заработной платы	187	0,85
Более 3/4 к 1 минимальной заработной платы	1.871	8,53
Более чем 1 к 1 1/4 минимальной заработной платы	556	2,53
Более 1 1/4 - 1 1/2 минимальной заработной платы	833	3,80
Более 1 1/2 - 2 минимальных зарплат	2.309	10,53
Более 2 - 3 минимальных зарплат	3.353	15,28
Более 3 - 5 минимальных зарплат	4.465	20,35
От 5 до 10 минимальных зарплат	4.556	20,77
Более 10 - 15 минимальных зарплат	1.312	5,98
Более 15-20 минимальных зарплат	571	2,60
Более 20 минимальных зарплат	869	3,96
Всего	21.936	100,00

Источник: IBGE

Уровень неграмотности среди лиц старше 15 лет в муниципалитете составляет 8 %. А большинство населения старше 10 лет (36,86 %) имело от 4 до 7 лет школьного образования, как показано на графике ниже.

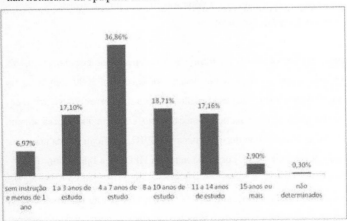

График 1.1: Распределение населения по уровню образования, Трэс Риос, 2000 год.

44

Учитывая численность населения, имеющего менее 4 лет школьного образования, а также уровень неграмотности, мы получили большое количество людей с низким уровнем образования, что может свидетельствовать о неблагоприятных социальных условиях и трудностях с доступом к базовому образованию.

В 2007 году INEP (Instituto Nacional de Estudos e Pesquisas Educacionais Anísio Teixeira) создал Индекс развития базового образования (IDEB - Basic Education Development Index), который представляет собой показатель, направленный на оценку образования путем объединения важных концепций качества. Показатель IDEB, рассчитанный для Трэс Риос, не претерпел значительных изменений с 2005 по 2007 год, как показано в Таблице 1.2:

Таблица 1.2: IDEB для начального образования, в начальный и последний годы, Трис Риос, 2005/2007 гг.

Начальная школа	2005	2007
Ранние годы	3,9	4,0
Последние годы	4,0	3,9

Источник: INEP.

2 СОСТОЯНИЕ ЗДОРОВЬЯ НАСЕЛЕНИЯ

В возрастной группе от 10 до 19 лет доля живорожденных в 2006 и 2007 годах достигла 21,33%, что свидетельствует о значительном распространении подростковой беременности. Большинство живорожденных родились у матерей в возрасте от 20 до 29 лет.

Эти данные свидетельствуют о распространенности подростковой беременности, что является проблемой, которую следует решать в школах, чтобы предотвратить раннюю беременность.

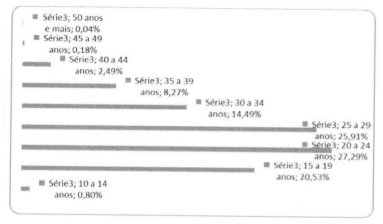

График 2.1: Доля живорожденных в зависимости от возраста матери, Трэс Риос, 2006/2007 гг.

Источник: SINASC

Также важно знать информацию о наиболее распространенных заболеваниях в детском и подростковом возрасте. С этой целью мы представляем данные из Информационной системы больниц за 2008 и 2009 годы.

Таблица 2.1: Госпитализации по разделам МКБ 10, от 0 до 19 лет, 2008/2009, Трис Риос

Глава МКБ-10	До 1 года	От 1 до 4 лет	От 5 до 9 лет	10 а 14 лет	15 а 19 лет	Всего
I. Некоторые инфекционные и паразитарные заболевания	47	70	22	13	37	**189**
II. Новообразования (опухоли)	0	8	3	5	10	26
III. Болезни крови, гематологических органов и иммунные нарушения	2	3	5	1	3	14
IV. Эндокринные заболевания, связанные с питанием и обменом веществ	11	8	8	6	10	43
V. Психические и поведенческие расстройства	0	0	0	0	6	6
VI. Заболевания нервной системы	3	7	3	1	3	17
VII. Болезни глаза и придатков	0	0	1	0	0	1
VIII.Заболевания уха и сосцевидного отростка	1	0	0	1	0	2
IX. Болезни системы кровообращения	6	3	1	3	6	19
X. Заболевания дыхательной системы	147	132	44	31	49	**403**
XI. Заболевания пищеварительной системы	7	17	32	31	15	**102**
XII. Заболевания кожи и подкожной клетчатки	4	7	9	4	8	32
XIII. заболевания костно-мышечной системы и соединительной ткани	3	2	5	5	5	20
XIV. Заболевания мочеполовой системы	3	8	11	13	40	75
XV. Беременность, роды и послеродовой период	0	0	0	17	449	**466**
XVI. Некоторые заболевания, возникающие в перинатальном периоде	94	4	0	0	0	98
XVII.Малф конг деформид и хромосомные аномалии	7	6	7	3	3	26
XVIII.Симптомы и аномальные клинические и лабораторные показатели	2	1	4	3	3	13
XIX. Отравление и другие внешние причины	3	20	37	35	48	**143**
XX. Внешние причины заболеваемости и смертности	1	0	0	0	0	1
XXI. Контакты с медицинскими службами	9	8	5	1	13	36
Всего	350	304	197	173	708	1732

Источник: SIH

Пятью основными причинами госпитализации в 2008 и 2009 годах были: беременность, роды и послеродовой период; заболевания дыхательной системы; некоторые инфекционные и паразитарные заболевания; внешние причины и заболевания пищеварительной системы.

В возрастной группе до 9 лет преобладали заболевания дыхательной системы, а также инфекционные и паразитарные болезни. Заболевания, возникшие в перинатальном периоде, встречались в основном у детей в возрасте до 1 года.

В подростковом возрасте (от 10 до 19 лет) отмечается более высокая частота госпитализаций в связи с беременностью, родами и послеродовым периодом, что еще раз свидетельствует о прекоме.

Госпитализации по поводу заболеваний пищеварительной системы и внешних причин происходили с годовалого возраста.

Представлены основные диагностические категории, встречавшиеся в возрастной группе 0-19 лет в 2008/2009 году.

Таблица 2.2: Госпитализации по категориям МКБ 10, от 0 до 19 лет, 2008/2009, Трис Риос

Список болезней по МКБ-10	До 1 года	От 1 до 4 лет	От 5 до 9 лет	10 а 14 лет	15 а 19 лет	Всего
Единичные спонтанные роды	0	0	0	13	**318**	331
Пневмония	**71**	**73**	**25**	**19**	34	222
Другие кишечные инфекционные заболевания	29	45	11	5	28	118
Другие осложнения беременности и родов	0	0	0	2	**80**	82
Острый бронхит и острый бронхиолит	41	14	2	3	1	61
Перелом других костей конечностей	0	6	**19**	**22**	12	59
Другие респираторные заболевания перинатального происхождения	45	3	0	0	0	48
Другие заболевания мочевыводящих путей	3	5	5	7	25	45
Астма	12	23	4	0	0	39
Другие бактериальные заболевания	7	15	9	2	5	38
Остальные бактериальные заболевания	7	15	9	2	4	37
Контакты с медицинскими службами	9	8	5	1	13	36
Заболевания кожи и подкожной клетчатки	4	7	9	4	8	32
Новообразования (опухоли)	0	8	3	5	10	26
Деформация мальчика и хромосомные аномалии	7	6	7	3	3	26
Заболевания аппендикса	0	2	8	9	6	25
Внутричерепная травма	3	5	6	3	8	25

Источник: SIH

Если рассматривать наиболее частые диагностические категории госпитализаций, то у детей до 1 года большинство из них были связаны с пневмонией; от 1 до 4 лет - с пневмонией и кишечными инфекциями; от 5 до 14 лет - с пневмонией и переломами костей конечностей; а в возрастной группе от 15 до 19 лет - с одиночными самопроизвольными родами, за которыми следуют некоторые состояния, возникшие в перинатальном периоде, и осложнения беременности и родов. В возрастной группе 10-14 лет было 13 случаев одиночных самопроизвольных родов.

3 СЕТЬ ОБРАЗОВАНИЯ И ЗДРАВООХРАНЕНИЯ

В муниципалитете у нас есть студенты из муниципальной сети:

МУНИЦИПАЛЬНЫЙ СЕКРЕТАРИАТ ОБРАЗОВАНИЕ	ДОШКОЛЬНОЕ ОБРАЗОВАНИЕ	
	ШКОЛА 279	*ДОШКОЛА* 2.244

СЕКРЕТАРИАТ МУНИЦИПАЛЬНО Е ОБРАЗОВАНИЕ	НАЧАЛЬНОЕ ОБРАЗОВАНИЕ								
	1°	2°	3°	4°	5°	6°	7°	8°	9°
	1.199	858	850	887	845	594	141	153	158

НИЦИПАЛЬНЫЙ СЕКРЕТАРИАТ ОБРАЗОВАНИЕ	МУ	*EJA - LEVEL ФУНДАМЕНТАЛЬНЫЙ* 347	*СРЕДНЯЯ ШКОЛА* 295

Данные: Городской департамент образования.

СООТНОШЕНИЕ КОЛИЧЕСТВА УЧАЩИХСЯ НА ШКОЛУ	
ШКОЛЬНАЯ ЕДИНИЦА	КОЛИЧЕСТВО СТУДЕНТОВ
В АЛСИНА-ДЕ-АЛМЕЙДА	439
В АМЕРИКО СИЛЬВА	305
ЭМ БРАНКА РОЗА КАБРАЛ	265
В БРИГАДИРСКИХ БИЖУТЕРИЯХ	54
СIЕР В 490 - ПУРИС	58
ЯСЛИ М АЛЕНКАР ЖАКОБ	34
ЦЕНТР ДНЕВНОГО УХОДА МАРЛИ САРНИ	29
ВЕРТЕП М ВИЛА ИСАБЕЛЬ	78
В ЭДУАРДО ДЮВИВЬЕ	39
В ЭЛЕНИС ЛОПЕШ ДА СИЛЬВА	49
В ЭУРИДИС ФЕРРЕЙРА	111
В ГИЛЬЕРМИНЕ ГИНЛЕ	534
ДЖИМ АЛЬСИНА ДЕ АЛЬМЕЙДА	286
ДЖИМ ФРАНСИСКО КОЭЛЬО	111
ДЖИМ ДР. ВАЛЬМИР ПЕСАНЬЯ	358
НА ИМЯ ЖОАКИМА Т. ЖУНКЕЙРЫ	505
В ЖОВИНЕ ДЕ Ф. САЛЛЕС	201
В ЮВЕНТИНЕ ДА М. МОРАЕС	236
В ЛАУРЕ ДА С. РИБАС	416
В ЛЕЙЛЕ АП.ª ДЕ АЛЬМЕЙДА	235
В ЛЮТЕР КИНГ	244

В МАРГАРЕТЕ ШОЛЛЕР	211
ГОСПОЖА ДАС ГРАСАС ВИЕЙРА	272
В МАРКЕС-ДЕ-САЛАМАНКА	112
В СКРОМНЫХ ПОДОШВАХ	660
В Богородице Апаресидской	198
В Богородице Фатимской	380
В ПРОФ. ГЕРМЕЛИНДО А. РОЗМАНИНЬО	329
В САМИРЕ НАСЕРЕ	449
В САНТА-ЛУЗИИ	549
В САН-ЖУАН-БАТИСТА	90

Данные: Городской департамент образования

По данным Департамента образования, целевой аудиторией проекта являются 8 850 учеников от яслей до начальной и средней школы, а также взрослые учащиеся.

Сеть первичной медицинской помощи в муниципалитете Трэс Риос охватывает 72,67% населения. В ней работают 21 семейный медицинский пункт и 6 аванпостов с 21 семейной медицинской бригадой и 21 бригадой по лечению заболеваний полости рта. Кроме того, в муниципалитете действуют 2 центра поддержки семейного здравоохранения, состоящие из психологов, диетологов, физиотерапевтов и инструкторов по физическому воспитанию, которые оказывают поддержку семейным медицинским группам муниципалитета.

Во всех отделениях работает команда, состоящая из врача, медсестры, младшего медперсонала, работников здравоохранения, а также хирурга-стоматолога и ассистента по гигиене полости рта.

По данным CNES/DATASUS, в муниципалитете имеются следующие семейные медицинские пункты:

- СИНЯЯ ТОЧКА,
- БЕМПОСТА, (аванпост: Итаджоана, Коррего Сухо и Грама)
- WERNECK MARINE, место обитания
- КАНТАГАЛО,
- ПИЛОНЫ,
- МОРАДА ДО СОЛЬ,
- ГЕРОН БРИДЖ,
- ХОРОШЕЕ ОБЪЕДИНЕНИЕ,
- PURYS,
- НОВЫЙ ГОРОД,
- МОНТЕ КАСТЕЛО,
- JK,
- ПАЛЬМИТАЛЬ,
- МУРА БРАЗИЛИЯ, (аванпост: Эрможеньо Силва)
- ТРИАНГЛ,
- ЧЕРНАЯ МАТЬ,
- КРАСНЫЕ ВОРОТА,
- КАРИРИ, (аванпост: Руа Дирейта)

- САНТА ТЕРЕЗИНЬЯ,
- Водяная коробка и
- НА ПЕРЕДНЕМ ДВОРЕ ВОКЗАЛА.

Определение учебных заведений, обслуживаемых программой школьного здравоохранения

ШКОЛЫ	Ответственность в школе	PSF	Медсестры и зубные врачи
Е. М. ГИЛЬЕРМИНА ГИНЛЕ	Мария Х. Маркес Гоанотти Франциско	Bemposta	Тассия да Коста Тейшейра Освальдо Вианна Борн
Е. М. АЛЬСИНА ДЕ АЛЬМЕЙДА	Мария Консейсау Сантуш Мело	Хороший союз	Патрисия де Мелло Ассис Фатима Л. К. Мачадо
J. Э. М. АЛЬСИНА ДЕ АЛЬМЕЙДА	Джейн Фрейтас	Хороший союз	Патрисия де Мелло Ассис Фатима Л. К. Мачадо
Е. М. СВЯТОЙ ИОАНН КРЕСТИТЕЛЬ	Марсело Серпа	Резервуар для воды	Франсин Перейра Алвес Патрисия И. Пирес
Е. М. ЖОВИНА ДЕ Ф. САЛЛЕС	Розана Апаресида Тейшера Копке	Кантагало	Каролина Г. Т. де Карвальо Даниэла С. Сантос
МУНИЦИПАЛЬНЫЕ ЯСЛИ АЛЕНКАР ЖАКОБ	Адриан Марси	Карири	Милена Силва Оливейра Роберта К. Оливейра
Е. М. ЛАУРА ДА СИЛЬВА РИБАС	Розане Ф. А ду Насименту	Новый город	Сюэлен О. де Соуза Маркес Лусиана Р. М. де Оливейра
Е. М. БРИГАДЕЙРО БИЖОС	Бруна Брага	Грязный ручей	Тассия да Коста Тейшейра Ливия М. Л. Маркрис
Э.М. МАРКЕС ДЕ САЛАМАНКА	Ромилда Апаресида да Силва	Итаджоана	Тассия да Коста Тейшейра Ливия М. Л. Маркрис
Е. М. АМЕРИКО СИЛЬВА	Алессандра Калдас	JK	Мишель Сильва Соуза Франсиско Т. Ж. Маркес
Д.И.М. Д.ВАЛЬМИР ПЕЧАНЬЯ	Валдилия де Жезус Энрике	Черная мама	Присцила Лазарин Гуларт Флавия С. Диас
Е. М. N. SRA. DE FÁTIMA	Розане душ Сантуш Перейра	Монте-Каштелу	Татьяна Н. Серданес Бузада Фабиана Л. К. Алмейда
Е. М. САМИР ДЕ МАСЕДО НАСЕР	Зилар Лима	Морада-ду-Сол	Дейс де Араужо Нунес Данило С. Родригес
Е. М. ЭЛЕНИС ЛОПЕШ ДА СИЛЬВА	Лузинете Сальвадор да Силва	Моура Бразил	Александра К. де О. Маркес Хорхе Л. де Араужу
ЭДУАРДО ДЮВИВЬЕ	Сирлин Чавес	Моура Бразил	Александра К. де О. Маркес Хорхе Л. де Араужу
ЛЮТЕР КИНГ	Сандра Мария де Альмейда	Моура Бразил	Александра К. де О. Маркес Хорхе Л. де Араужу
ЯСЛИ ВИЛА ИСАБЕЛЬ	Элианайя Арука	Palmital	Лейланни Рамос Коэльо Фернандо К. Мачадо
Е. М. SANTA LUZIA	Неуза Мария Барбоза де Оливейра	Palmital	Лейланни Рамос Коэльо Фернандо К. Мачадо
Е. М. БРАНКА РОЗА КАБРАЛ	Вания Копке Гомеш Александре	Привокзальная площадка	Фернанда Алвес Бранко Силва Синтия Ф. П. Гимарайнш
Е. М. ЖОАКИМ Т. ЖУНКЕЙРА	Родриго Магалхаес	Пилоны	Вания Марсия Силва Лопес Марсело Р. Ф. Оливейра
Е. М. ГЕРМЕЛИНДО А. РОСМАНИНЬО	Моника Суэли Алвес Лемос	Мост цапель	Майана Кариас Зайнотте Мишель Н. Коррea
Е. М. Н . MPC. APARECIDA	Адриана Медейрос де Карвальо	Голубая точка	Фернанда де С. Саллес Майя Оливия Г. К. Рибейро
Е. М. ЭУРИДИС ФЕРРЕЙРА	Мейре Феррейра да Силва Сантос	Красные ворота	Анна Каролина да Силва Гама Леандро О. Малафайя
ДЕТСКИЙ САД МАРЛИ САРНИ	Дауреа Сезар да Коста	Purys	Милена Роша Барбоза Фернанда П. да Роша
CIEP B490	Татьяна С де С	Purys	Милена Роша Барбоза

E. М. ЛЕЙЛА А. ДЕ АЛЬМЕЙДА	Мендес		Фернанда П. да Роша
	Дауреа Сезар да Коста	Purys	Милена Роча Барбоза
E. М. ЖУВЕНТИНО ДА М. МОРАЕС	Розимера Тейшейра	Правая улица	Фернанда П. да Роша Эмануэли Сантос Барбоза Роберта С. Оливейра
E. М. Mª . DAS GRAÇAS VIEIRA	Рита Розана Корреа	Санта-Терезинья	Бруна Ап. дос С. Водонос Майкон С. Витал
E. М. MODESTA SOLA	Эстер де Фариа Пиментел	Треугольник	Джулиана С. Фуртадо Дуарте Жанин М. А. Л. Александра
E. М. МАРГАРЕТА ШУЛЛЕР	Элиана Круз	Вернек Марин	Татьяна К. де Паула Краво Луизи М. Родригес

4 ЦЕЛИ

- Укрепление здоровья, усиление профилактики проблем со здоровьем и укрепление связей между сетями общественного здравоохранения и образования;

- Объединить действия Единой системы здравоохранения (SUS) с действиями государственных сетей базового образования, чтобы расширить охват и влияние своих действий на учащихся и их семьи, оптимизируя использование имеющихся площадей, оборудования и ресурсов;

- Способствовать созданию условий для целостного формирования студентов;

- Усилить борьбу с уязвимыми местами в области здравоохранения, которые могут помешать полноценному школьному развитию;

- Содействовать общению между школами и медицинскими центрами, обеспечивая обмен информацией о состоянии здоровья учащихся;

- Усиление участия общин в политике в области базового образования и здравоохранения.

5 ТЕМАТИЧЕСКИЕ ОБЛАСТИ ДЕЯТЕЛЬНОСТИ

Проект включает в себя тематические направления, которые важны с учетом социально-экономических условий и состояния здоровья населения муниципалитета, но которые будут рассматриваться в соответствии с условиями каждого региона. Каждая школа и семейный медицинский центр смогут адаптировать тематику к своим реалиям, делая акцент на наиболее распространенных проблемах в обслуживаемом сообществе.

Образование в области сексуального и репродуктивного здоровья

В Бразилии средний возраст начала половой жизни составляет около 15 лет, то есть в школьном возрасте, что обосновывает необходимость проведения мероприятий по профилактике заболеваний, передающихся половым путем (ЗППП), и ВИЧ/СПИДа среди подростков и младших школьников, а также мероприятий по укреплению здоровья, направленных на устранение их уязвимости. В муниципалитете около 20 процентов беременных женщин моложе 20 лет, причем в более бедных районах.

АКТИВЫ

- Ценить школу как привилегированное пространство для укрепления здоровья, уделяя первоочередное внимание направлению подростков в уязвимых ситуациях в сеть здравоохранения в соответствии со следующими критериями: - начало половой жизни; - подозрение на заболевания, передающиеся половым путем, и СПИД; - подозрение на беременность или ее подтверждение;

Здоровое питание

Группы первичной помощи и гигиены полости рта в рамках стратегии "Здоровье семьи" в партнерстве со специалистами Центра поддержки здоровья семьи и отдела питания, отвечающего за школьное питание в муниципалитете, проведут коллективные мероприятия, чтобы проинструктировать учащихся на основе "10 шагов к здоровому питанию". Цель - поощрять предложение здоровой пищи и выбор подходящих вариантов, а также обсуждение тем, связанных с питанием и культурным профилем каждого региона.

АКТИВЫ

- Поощряйте образовательные мероприятия, способствующие внедрению здоровых привычек питания.
- Поддержка и содействие здоровому выбору через доступ к здоровой и безопасной пище, предлагаемой в рамках программы школьного питания.
- Принять меры по снижению воздействия на школьников среды и ситуаций, повышающих риск возникновения проблем с питанием.

Предотвращение употребления алкоголя, табака и других наркотиков

Разработка мероприятий, направленных на профилактику употребления наркотиков, как законных, так и незаконных, также является частью деятельности проекта. Исследования, проведенные в Бразилии, показывают, что число молодых людей, которые курят или пьют в раннем возрасте, растет. По этой причине необходимо включить обсуждение этих вопросов в повседневную школьную жизнь. Педагоги должны быть в курсе этих вопросов.

АКТИВЫ

* Проведение мероприятий по оказанию консультативной помощи в решении проблем, связанных с употреблением алкоголя и других наркотиков.
* Предоставить руководство по рискам, связанным с употреблением законных и незаконных наркотиков молодыми людьми и подростками.

Здоровье полости рта

Проект "Здоровье полости рта в школе" направлен на снижение уровня кариеса среди учащихся государственных школ Трэс Риос. Предлагаемое партнерство с SEDUC будет развиваться, чтобы постепенно охватить большее количество школ и учеников.

Муниципальный департамент здравоохранения и гражданской обороны под руководством координатора стоматологии разработал дорожную карту мероприятий по реализации проекта, чтобы стандартизировать действия, учитывая улучшение качества жизни школьного населения с помощью преимуществ укрепления здоровья, не забывая при этом об особенностях каждого населенного пункта.

АКТИВЫ

* Обучение медицинских работников по вопросам гигиены полости рта;
* Регистрация образовательного учреждения (составление расписания занятий, согласованное с ESB, ESF и образовательным учреждением)
* Объяснение программы директорам школ, учителям, сотрудникам и родителям;
* Обсуждение меню школьного обеда;
* Обеспечение расходными материалами (зубная паста, зубная щетка и фтор);
* Образовательная деятельность в области гигиены полости рта (лекции, видео, плакаты, театр и т.д.);
* Гигиена полости рта под наблюдением врача;
* Ополаскиватель для рта с раствором фтора;

- Местное применение фтора;
- Выбирайте лечение в соответствии с приоритетами;
- Эпидемиологическое обследование.

Межсекторальная рабочая группа

Имя	Происхождение	Номера телефонов	e-mail
Рената О. А. Соуза	Департамент здравоохранения	(24) 2255 4626 (24) 8828 7913	coordprogramas3rios@yahoo.com.br
Лусиана Алвес Масси	Департамент здравоохранения	(24) 2255 4626 (24) 9200 4251	coordnasf@yahoo.com.br
Адриан Санта-Роза	Департамент здравоохранения	(24) 2255 4626 (24) 8811 3766	adrianesantarosa@oi.com.br
Аманда де Соуза Сантос	Департамент здравоохранения	(24) 2255 4626 (24) 8823 5451	coordenacaoesf3 rios@yahoo. com.br
Марианджела Морейра де Оливейра	Департамент здравоохранения	(24) 2255 4626 (24) 9968 8408	mmo-enf@bol.com.br
Андреа Стефани Горы	Секретариат Образование	(24) 2252 6899 (24) 9824 7074	casaprofessor@yahoo.com.br
Моника Мария де Араужу Таварес	Секретариат Образование	2252 2811 8144 2131	mmariatavares@hotmail.com

6. ОЦЕНКА

Процесс оценки будет проводиться в ходе развития проекта с помощью ежемесячных встреч с участниками из всех секторов, в частности, для оценки процесса обучения.

Полученные результаты будут оцениваться с помощью данных из таких информационных систем, как SIM, SINASC, SIH и SISPRENATAL, что позволит проанализировать улучшения, достигнутые в результате реализации проекта.

По окончании проекта будет проведена оценка с участием всех заинтересованных сторон.

USF	Escola Municipal	N° Alunos	Local de escovação	Dia de Atividade	CEO	Indice	Crianças	CPO-D	Indice	Crianças
Ponte das Garças	Hermelindo A Rosmarinho	353	Banheiro	sexta-feira	1,45	83	57	1	25	25
Caixa D' Água	São João Batista	88	Banheiro	sexta-feira	1,53	23	15	1,16	14	12
Moura Brasil	Luther King	166	Banheiro e Pia	Seg. e Sextas	2	26	13	0,53	7	13
Mãe Preta	Valmir Peçanha	398	Bebedouro	Sexta-Feira	2,64	130	51	1,76	81	46
Morada do Sol	Branca Rosa Cabral	260	Banheiro	Sexta-Feira	2,76	119	43	2,86	66	23
Pilões	Joaquin Tiburcio Jurqueira	285	Banheiro	Sexta-Feira	1,13	14	13	2,03	59	29
Ponto Azul	Nossa Senhora Aparecida	196	Banheiro	Terça-feira	2	28	14	2	10	5
Cantagalo	Joylina F' Salles	242	Banheiro	sexta-feira	2,21	62	28	3,25	13	4
Bemposta	Quitnamina Guerie	204	Banheiro	Terça-Feira	4	96	24	1,25	54	43
Monte Castelo	Nossa Senhora de Fatima	389	Banheiro	Sexta-feira	2,97	101	34	3,3	33	10
Paumei	Santa Luzia	339	Banheiro	Sexta-feira	4,6	55	12	2,31	51	22
Patio da Estação	Creche Amigos do Caminho	113	Pia prox ao refeit	Sexta-feira	1,6	96	60	2,42	17	7
Boa União	Jardim de Inf. Alcina Almeida	243	Banheiro	Sexta-feira	1,43	20	14			
Boa União	E. M. Alcina Almeida	488	Banheiro	Sexta-feira				2,18	164	75
Cidade Nova	Laura Silva Ribas	309	Banheiro	Quinta-Feira	1,68	37	22	2,9	32	11
Praça JK	Americo Silva	350	Banheiro	Sexta-Feira	2	8	4	3,46	171	49
Santa Terezinha	Maria das Graças Vieira	320	Banheiro	sexta-feira	4,9	74	15	3,89	74	19
Pardão Vermelho	Euridice Ferreira	110	Banheiro	sexta-feira	4	28	7			
Itapoana	Marqués de Salamanca	133	Escola	Terça-feira	5,1	72	14	1,3	4	3
Triângulo	ModestaSola	378	Banheiro	sexta-feira	2,4	19	8	2,37	64	27
Pura	Leila Aparecida de Almeida	197	Banheiro	sexta-feira	2,27	41	18	2,09	23	11
Werneck Marhe	Escola M. Margaretha Scholle	257	Refeitório	Sexta-feira	2,32	65	28	1,53	20	13
Habitat										
Carri	Creche M. Alencar Jacob									
Rua Direita	Juventino da Motta Moraes	241	Banheiro	Sexta-Feira	4,65	191	41	3,63	575	158
Total		6047			59,54	1389	535	47,24	1557	605

CEO aceitável com 5 anos ≤ 1,5
CPO-D aceitável aos 12 anos ≤ 3,0

MÉDIA 2,48   MÉDIA 1.97

55

ПРИЛОЖЕНИЕ 11

ЗДОРОВЬЕ В ШКОЛЕ

http://portal.saude.gov.br/portal/saude/profissional/visualizar_texto.cfm?idtxt=29109

Программа "Здоровье в школе" (PSE), запущенная в сентябре 2008 года, является результатом партнерства между министерствами здравоохранения и образования с целью укрепления профилактики здоровья среди бразильских школьников и формирования культуры мира в школах.

Программа состоит из четырех блоков. Первый состоит из оценки состояния здоровья, включающей в себя оценку состояния питания, ранней заболеваемости гипертонией и диабетом, состояния полости рта (контроль кариеса), остроты зрения и слуха, а также психологическую оценку ученика. Второй блок посвящен укреплению здоровья и профилактике, которая будет направлена на формирование культуры мира и борьбу с различными проявлениями насилия, употреблением алкоголя, табака и других наркотиков. В этом блоке также рассматриваются вопросы сексуального и репродуктивного образования, а также поощрения физической активности и телесных практик.

Третья часть программы посвящена непрерывному образованию и подготовке специалистов и молодежи. За этот этап отвечает Открытый университет Бразилии Министерства образования в сотрудничестве с Центрами телездравоохранения Министерства здравоохранения. На этом этапе рассматриваются вопросы здравоохранения и формирования медицинских бригад, которые будут работать на территориях PSE.

Последний предусматривает мониторинг и оценку состояния здоровья учащихся с помощью двух обследований. Первое - это Национальное обследование состояния здоровья школьников (Pesquisa Nacional de Saúde do Escolar - Pense), проводимое в партнерстве с Бразильским институтом географии и статистики (Instituto Brasileiro de Geografia e Estatística - IBGE), которое включает, помимо прочего, все пункты для оценки состояния здоровья и социально-экономического профиля государственных и общественных школ в 27 столицах Бразилии. Результаты этого опроса послужат школам и медицинским учреждениям параметром для оценки состояния здоровья учащихся. Вторым обследованием станет раздел "Здоровье" школьной переписи (Censo da Educação Básica), который был разработан и применяется в рамках проекта "Здоровье и профилактика в школах" (SPE) с 2005 года. Этот опрос состоит из пяти вопросов, связанных непосредственно с темой ЗППП/СПИДа.

Время выполнения каждого блока будет планироваться командой семейного здоровья с учетом учебного года и политико-педагогического проекта школы. Действия, предусмотренные в PSE, будут контролироваться межсекторальной комиссией по образованию и здоровью, состоящей из родителей, учителей и представителей здравоохранения, которые могут быть членами местной консультационной группы.

Все мероприятия программы могут быть проведены в муниципалитетах, охваченных семейными группами здоровья. На практике произойдет интеграция образовательных сетей и Единой системы здравоохранения. Заинтересованные муниципалитеты должны выразить свое желание присоединиться к программе. Приказ Министерства здравоохранения определит критерии и финансовые ресурсы для присоединения, а также будет направлять подготовку проектов муниципалитетами.

В дополнение к финансовому стимулированию Министерство здравоохранения будет отвечать за издание альманахов для распространения среди учащихся школ, обслуживаемых PSE. В этом году тираж может достичь 300 000 экземпляров. Министерство также подготовит буклеты по первичному уходу для 5 500 семейных бригад, которые будут работать в школах.

Ордонанс 1.861 от 4 сентября 2008 года, определяющий критерии программы и устанавливающий соглашение о присоединении муниципалитетов (формат PDF | размер: 108 Kb)

Milton Keynes UK
Ingram Content Group UK Ltd.
UKHW010851280324
440101UK00001B/176